NEVERHOME

DU MÊME AUTEUR

UNE IMPOSSIBILITÉ, Actes Sud, 2005.
INDIANA, INDIANA. LES BEAUX MOMENTS OBSCURS DE LA NUIT, Actes
Sud, 2007.
NEW YORK N° 2, Actes Sud, 2010.
LES BONNES GENS, Actes Sud, 2014.
NEVERHOME, Actes Sud, 2015 (grand prix de littérature américaine
2015).

Titre original :
Neverhome
Éditeur original :
Little, Brown and Company / Hachette Book Group Inc., New York
© Laird Hunt, 2014

© ACTES SUD, 2015
pour la traduction française
ISBN 978-2-330-08164-5

LAIRD HUNT

NEVERHOME

roman traduit de l'anglais (États-Unis)
par Anne-Laure Tissut

BABEL

Pour tous les Hunt, Burnau, Newburg et tous les Laird.

Une sublime et terrible beauté – adorable et terrifiante…

JOHN QUITMAN MOORE,
DeBow's Review*, 1861.

---

* Revue d'agriculture publiée dans le Sud des États-Unis dans la deuxième moitié du xixe siècle. *(Toutes les notes sont de la traductrice.)*

UN

J'étais forte, lui pas, ce fut donc moi qui partis au combat pour défendre la République. Je franchis la frontière, quittant l'Indiana pour l'Ohio. Vingt dollars, deux sandwiches au petit salé, accompagnés de biscuits, de corned-beef, de six pommes flétries, de sous-vêtements propres et aussi d'une couverture. Il y avait de la chaleur dans l'air donc je me mis en marche en bras de chemise, le chapeau bien enfoncé sur les yeux. Je n'étais pas la seule à chercher à m'engager et au bout d'un moment, nous étions toute une troupe. Les fermiers nous acclamaient au passage. Nous donnaient à manger. Leur meilleure place à l'ombre pour nous reposer. Ils jouaient pour nous de leurs violons : enfin tout ce que vous avez entendu dire sur les commencements, même si un an déjà avait passé depuis Fort Sumter, et que la première bataille de Bull Run avait eu lieu, que Shiloh avait emporté son lot d'âmes, et que c'en était fini des commencements, et pour de bon.

La dixième ou onzième nuit passée sur la route, on but du whisky et on brailla sous les étoiles. Il y eut une course à pied. Du lancer de couteaux. Un concours à qui avalerait le plus de biscuits. À qui était le plus fort. L'un des gars essaya de me défier au bras

13

de fer et eut la main écorchée quand je la plaquai contre la table. Aucun des autres ne tenta sa chance.

Il y eut bien, aux abords de Kettering, cette vieille femme qui, ayant tiré pour moi de l'eau de son puits, me regarda avec insistance tout en me tendant la tasse et me dit de faire attention à moi. À part elle, nul ne vit ce que j'étais. Je dormis tout simplement comme une souche le temps que dura cette marche. J'envoyai ma première lettre à Bartholomew depuis Dayton. Je lui envoyai à peu près la même depuis Cincinnati. Je lui écrivais qu'il me manquait terriblement. Que j'étais terriblement heureuse aussi.

Je me présentai sous le nom d'Ash Thompson, de Darke County. "Où ça dans Darke County ?" me demandèrent-ils, et même si je vis tout de suite qu'ils n'écoutaient pas, je leur répondis que *où ça* se trouvait à l'angle nord-est de ce beau comté où se trouvait la ferme de mon père. Quand ils m'eurent fait claquer des dents, eurent sifflé d'admiration devant mes grosses mains, et m'eurent fait râper mes pouces calleux sur le bois du plateau de table, ils me donnèrent mon uniforme. Une semaine plus tard, quand ils constatèrent que j'étais prête à travailler et que je ne m'étais pas enfuie, ils me remirent mon arme. C'était un Springfield 1861 à percussion, chargement par la bouche et double viseur, et ils me dirent qu'avec ça, on pouvait tuer un homme à quatre cents mètres de distance. Voilà qui donnait à réfléchir. La possibilité de tirer sur un homme qui vous regarde et que vous regardez mais sans jamais voir son visage. Je ne m'étais pas représenté les choses comme ça quand j'y avais pensé à la maison. Je m'étais imaginé de bons gros visages se tirant les uns sur les autres, pas de petits fils de couleur flottant sur l'horizon. Une danse d'hommes, pas seulement celle de leurs balles de mousquet. Un autre gars, un mi-portion à côté

15

duquel on se sentait géant, lâcha à voix haute quelque chose dans ce genre tandis que nous gardions les yeux rivés sur nos Springfield.

"T'inquiète pas, mon ange, répondit l'officier qui distribuait les armes, tu vas te retrouver si près de ces fichus rebelles que tu sauras même pas choisir entre tirer et baiser."

Nous marchâmes plusieurs jours vers le sud en ordre dispersé, jusqu'à atteindre un grand campement près du fleuve. Là on me donna une pelle en plus de mon fusil, et on m'envoya creuser de nouvelles latrines. Certains de ceux qui étaient déjà là eurent l'idée, pour mon premier jour, de me mettre à poil et de me balancer dans le ruisseau, mais un de la bande à laquelle j'appartenais déclara que, vu le fil à retordre que j'allais leur donner, c'était pas la peine, alors ils choisirent une autre victime. Debout sur la rive, je rigolais comme les autres quand il n'eut plus sur les os que sa peau crasseuse mais c'est moi qui entrai dans l'eau quand on s'aperçut qu'il ne savait pas nager. Je ne regrettai pas de l'avoir tiré d'affaire car l'eau fraîche atténua quelque peu la puanteur que je dégageais. Ce soir-là je parcourus plus d'un kilomètre le long du fleuve et loin des yeux, à mon tour j'ôtai mes vêtements et retournai dans l'eau. J'aurais bien voulu rester un bon moment à flotter sur le dos mais déjà je me rendais compte qu'un camp, c'est un genre de bête qui s'étale, et que bien d'autres auraient pu avoir la même idée alors je sortis et me séchai en vitesse pour me rhabiller.

Les gars de ma tente jouaient aux cartes à mon arrivée et je restai un moment debout à les observer. Entre les paris ils parlaient de la raclée qu'on allait mettre aux rebelles. Ils avaient la pipe aux lèvres et les joues encore rebondies de leur vie à la ferme. Je ne savais pas mieux qu'eux ce qui nous attendait mais je sentais qu'il n'y avait pas de quoi s'esbaudir bruyamment toute la nuit. N'empêche, quand l'un d'eux, levant les yeux des mauvaises cartes qu'il avait en main, me demanda combien de rebelles j'avais l'intention de tuer, je m'enfournai la pipe dans la bouche en souriant et répondis que je me ferais ma centaine. Peu après avoir nettoyé mon fusil et astiqué ma baïonnette, sous ma couverture, je songeai à cette centaine. Et aussi à mon Bartholomew. Et c'est en songeant à cette centaine puis à mon Bartholomew que je m'endormis en rêvant que mon cadavre flottait dans l'eau fraîche du ruisseau, tout aussi mort que le passé.

On en avait parlé pendant les deux mois précédant mon départ. Je crois que dès le début, nous savions tous deux vers où s'acheminait la conversation mais nous continuions à en parler, en tournant la chose sous tous les angles, tirant le fil et piquant jusqu'à ce que la couture tienne. Je partirais et il resterait. Il fallait que l'un de nous reste à s'occuper de la ferme et que l'autre parte, et c'était lui et c'était moi. Nous étions à peu près de la même petite taille mais lui était fait de paille et moi d'acier. Chaque hiver il était frappé de migraines alors que, de toute ma vie, je n'avais connu la grisaille d'un seul jour de maladie. Il n'y voyait pas trop de loin ; moi je fermais un œil et d'un coup de fusil j'arrachais les oreilles d'un lièvre à cent cinquante mètres. Il tournerait les talons à la moindre occasion ; moi je n'avais jamais, jamais reculé.

Il disait qu'aucun de nous n'avait à partir et moi que quelqu'un, pas lui, devait aller représenter cette ferme et quand je l'eus crié bien fort et plusieurs fois, cela mit un terme au débat. Que nous tenions secret. La seule personne avec qui j'abordai le sujet était ma mère, laquelle, bien sûr, était depuis longtemps morte et enterrée. J'entamais ma discussion avec elle aux premiers ronflements de Bartholomew ou quand nous nous trouvions chacun à l'autre bout du champ, ou que c'était mon tour de sortir pour aller poser ma joue et mon épaule contre notre vache sous l'appentis. Une ou deux fois je me rendis au cimetière où j'avais érigé sa stèle, pour la nettoyer de la boue et des mousses humides et gazouiller devant comme un oiseau. Ma mère avait fait un voyage en train une fois et je lui avais dit que je voulais voyager comme elle. Filer à travers la campagne, flotter le long de ses eaux infinies en bateau. Je voulais, lui disais-je, m'allonger sous les étoiles et humer l'odeur d'autres brises. Boire à d'autres sources, éprouver d'autres chaleurs. Me tenir debout avec mes camarades sur les ruines des idées d'antan. Aller en avant avec un millier d'autres. Planter le talon, durcir mon regard et ne pas m'enfuir.

Ainsi m'adressais-je à ma mère défunte, enfonçant les mots dans la terre : une conflagration approchait ; je voulais lui prêter mon étincelle. Bartholomew et moi savions tous deux par quels mots ma mère aurait réagi, aussi était-ce comme si elle les prononçait chaque fois que je lui demandais son avis.

Vas-y. Vas-y et vois ce que tu as en toi.

Nous avions entraînement tous les jours au camp. Nous remplissions nos sacs et, empoignant nos mousquets, nous marchions en procession sur de longs kilomètres pour aller nulle part, et de retour, nous nous tenions au garde-à-vous pour l'inspection en priant à chaque seconde pour que ce temps étouffant finisse par tourner. L'entraînement fini, il me fallut creuser les tranchées et tout ce qui pouvait requérir une pelle : tantôt un bassin pour les cuisiniers, tantôt une rangée de tombes toutes neuves, bien propres, que j'aidai à creuser puis remplir. Les gars qu'on mit en terre étaient morts de la diphtérie. Dont un ou deux avec qui j'étais arrivée au camp. Les funérailles expédiées en cinq minutes comptaient parmi nos nombreux divertissements raffinés. Avec le vol, l'alcool et la bagarre. Sur une petite scène se donnaient des farces avec les officiers pour personnages ou des histoires que je connaissais bien, comme celle de ce nain qui filait de la paille sur son rouet pour la transformer en or ou celle de ces deux pauvres gamins qui semaient leurs miettes de pain dans la forêt. J'avais entendu un des gars dire que puisque ces deux-là finissaient par être libérés et ne passaient pas au four, ils avaient de la chance, mais un autre avait déclaré que, quand tout petit, on se prenait une trouille pareille, on ne s'en remettait jamais complètement.

Va savoir. Mais nous avions aussi des spectacles pour nous divertir et même des nègres affranchis qui dansaient ou chantaient pour nous. Un contrebandier géant dont la rumeur disait qu'il était remonté de Tuscaloosa chevauchant un âne sans oreilles vint nous pousser sa chanson, debout sur une plateforme qu'il avait posée en équilibre sur un poteau de clôture. Quand il eut fini, il salua et d'un saut arrière bondit de la plateforme pour atterrir sur le sol, le tout avec un tel talent que les gars lui demandèrent de recommencer. La troisième fois, devant une foule qui avait grossi jusqu'à représenter la moitié du régiment ou presque, il rata son atterrissage et se cassa une jambe.

La contrebande n'était pas seule à prodiguer ses merveilles. Un Mexicain qui travaillait en cuisine jouait du banjo si vite que sa main en disparaissait sur les cordes, et beaucoup disaient en chuchotant qu'en matière de cueillette, seul le diable dans ses bons jours pouvait le battre. Certains après-midi, les officiers organisaient des concours. Ces jours-là, le whisky passait de main en main pendant que les gars faisaient la course, se battaient à mains nues, jouaient à un genre de baseball avec de vieilles pommes que nous ignorions devoir regretter plus tard ou escaladaient des poteaux enduits de graisse.

Le camp se trouvait à au moins une journée de galop de ce qu'on eût pu qualifier d'endroit charmant. Des pâturages défoncés s'étalaient autour de nous et la moitié des bois avait été abattue pour la construction ou le chauffage. Il régnait, dansant sur la moindre brise qui soufflait dans notre direction, une puanteur digne d'un vieux livre de contes. Des hommes portant sur eux leur propre brise ignoble circulaient dans tous les sens, certains à cheval, la plupart à pied, et de temps à autre, quand il n'y avait pas assez de fumée et d'odeurs putrides à leur goût, ils lâchaient une bordée de coups de canons. Les tentes étaient de sombres antres, en raison de tout ce dont les hommes encombraient le sol et suspendaient en matière de portraits et autres bibelots rapportés de chez eux. Parfois il y avait des femmes au camp. Mais qu'elles fussent femmes d'officier, souillons ou dames ayant depuis longtemps perdu leur vertu, je m'en tenais à l'écart.

Quand j'avais fini de manger ma ration, je prenais ma plume pour écrire à Bartholomew. Je ne lui avais jamais écrit de lettre, ni à qui que ce fût d'ailleurs, avant cette période de ma vie, et je n'aimai pas trop l'allure de ce que je trouvais à lui dire. J'ai fait des progrès depuis ainsi que vous pouvez en juger mais j'étais lente à écrire à l'époque et prendre la plume pour former des mots encore capables d'avoir un sens après avoir parcouru des centaines de kilomètres jusqu'à leur destinataire me semblait tâche étrange. Je relisais mes lettres avant de les poster et c'était comme lire les lettres d'un inconnu à un inconnu et je n'aimais guère cette impression.

Mon cher Bartholomew,
Mon très cher Bartholomew,
Bartholomew, mon doux ami,

À la maison c'étaient des mots dits à voix haute qui faisaient l'affaire, ou alors de petits cadeaux, des objets que nous laissions l'un pour l'autre. Nous avions un jeu, tous les deux, à celui qui voyait sortir la première jonquille au printemps, la première tulipe, le premier iris laissant éclater le cœur de sa fleur, d'un violet flambant neuf. Le premier à voir cette première fleur devait la cueillir et la placer en évidence pour que l'autre la trouve. Le printemps d'avant mon départ au combat, c'est Bartholomew qui avait vu le premier lilas. Avec du fil jaune, il en avait lié de petits rameaux en une botte qu'il avait déposée à côté de mon bol au petit-déjeuner. Plus d'une fois, je pensai, tout en écrivant, à cette botte de couleur éclatante en me demandant si je pouvais lui signaler quelque première éclosion digne de ce nom, mais tout ce qui me venait à l'esprit n'était que latrines, dos nus, hideux, courbés par le labeur, odeurs de café brûlé, vers à farine sortant la tête des biscuits rassis qui étaient notre lot. Un jour, lors d'une marche d'exercice, je vis pourtant un héron bleu embrocher un poisson plus gros que son bec et le sortir d'une mare parfaitement lisse, mais quand je l'écrivis, héron, poisson et mare faisaient si pâle impression que je faillis les raturer.

Les lettres que m'envoyait Bartholomew étaient d'un tout autre ordre. Il avait une façon d'écrire cinq mots capables de rendre tout notre ancien monde à la vie. En lisant ses lettres, je sentais les odeurs annonciatrices de l'automne, et j'en entendais jusqu'aux bruits. Une fois il glissa dans l'enveloppe une plume rouge de Red cardinal qu'il me dit avoir trouvée "flottant au bord du puits", au fond duquel elle aurait pu disparaître à jamais s'il ne l'avait cueillie au vol pour l'envoyer me trouver à l'autre bout du monde. Je ne saurais vous dire pourquoi exactement mais cette phrase sur la plume s'envolant me chercher au loin me fit venir au coin de l'œil une larme qui refusa de partir même quand je l'eus essuyée. Je n'étais pas seule à avoir le visage inondé par une lettre de chez moi. Certains se mettaient dans des états bien pires. De jeunes gars passaient la nuit à vagir comme des nourrissons après avoir reçu une lettre de leur mère. Une fois, je vis un vieux sergent se mordre les lèvres pour ne pas pleurer en recevant une paire de chaussettes récemment tricotées par sa femme. Deux types assis non loin essayèrent bien de le taquiner un peu, mais il les menaça, s'ils continuaient une minute de plus, de leur planter une fourchette dans chacun de leurs yeux.

C'est ce même sergent qui nous apprit à fixer la baïonnette sur nos Springfield pour l'enfoncer dans des hommes en paille et à nous mettre en ligne, et pour ceux qui ne savaient pas encore, à tirer. J'ai déjà dit que je savais tirer, et que ce soit quarante mètres ou quatre cents ne changeait pas grand-chose au camp. Avec mon Springfield, je touchais tout ce qu'on voulait où on voulait, en dépit des hurlements dans notre dos ou du frénétique vacarme de leur tambour. Il y en avait des tas capables de marcher ou de rester debout plus longtemps que moi, ou de poignarder la paille avec plus de férocité mais très peu me dépassaient au tir.

Je l'écrivis à Bartholomew, et dans sa réponse il dit que c'était très bien et que je ne pouvais qu'en tirer de la fierté mais que – comme nous l'avions dit – si je ne voulais pas attirer sur moi la curiosité de la compagnie entière, il me fallait, de temps en temps, manquer la cible. À quoi je répondis qu'il ne serait peut-être pas si affreux qu'on me remarque pour ce que j'étais et qu'on me renvoie dans mes foyers. Il m'écrivit qu'il n'y avait rien qu'il désirât plus sur cette bonne vieille terre que de m'avoir à nouveau auprès de lui mais qu'il ne fallait pas que je rentre. Qu'il savait que je n'y étais pas encore prête et que si je ne restais pas voir un peu du combat je serais à jamais assiégée par les échos du regret et l'amertume du remords.

Dans une tente près de la nôtre, il y avait un gars qui avait l'air plus avisé que les autres et après avoir reçu cette lettre de Bartholomew je lui demandai s'il pensait que l'amour devait l'emporter sur le devoir. "L'amour ? Mais c'est quoi, ça, l'amour ?" me lança cet homme à l'air avisé avant de cracher sur le sol.

Lorsqu'ils nous eurent portés à un niveau d'entraînement selon eux satisfaisant, capable de nous éviter des gestes dangereux tant au fusil qu'à l'arme
blanche, nous embarquâmes dans des canots à
pagaie pour descendre la rivière et d'où nous descendîmes pour marcher sur le sud embrasé. Il y avait
des batailles en aval et dès que la rumeur eut cir-
culé que nous allions à leur rencontre, le régiment
connut une saignée sévère de ses recrues. Ce n'était
à faire que de sortir du rang pour ne plus revenir.
Un genre de boue mêlée de brume nous couvrait
le visage. Nous étions des objets non identifiés qui
avançaient avec des baïonnettes. Peut-être avions-
nous pu, au camp, accomplir deux ou trois choses
pour nous faire remarquer, mais désormais le camp
était loin derrière nous. Le sergent qui avait constaté
que je savais tirer n'était pas venu. Les gars de ma
troupe qui m'avaient vue au bras de fer n'étaient
pas là. Je vous avoue, sans mentir, qu'au fil de notre
marche je songeai plus d'une fois à partir. Malgré la
lettre de Bartholomew me disant que je n'étais pas
encore prête à rentrer. Malgré tout ce que je racontai tous ces jours-là à ma défunte mère.

*

"Je ne m'enfuirai pas", lui dis-je.

Ou peut-être que si, répondit-elle.

"Il n'est de tempête, de feu ou de glace, qui puisse me faire fuir", lui dis-je.

Tu finiras bien par savoir si oui ou non c'est un mensonge, répliquait-elle.

*

C'est bien à ça que je pensais, à partir, et à laisser mes jambes révéler le mensonge, alors que nous traversions l'une de ces bourgades où toute la population s'était mise en rangs pour nous acclamer et où une fille grimpa dans un arbre pour mieux nous voir. Il devait y avoir quelque chose de pointu sur l'une des branches qui accrocha sa camisole tandis qu'elle grimpait et la lui arracha. Un rugissement s'éleva de tous les gars autour de moi et la fille dans l'arbre prit la camisole qu'elle ne portait plus pour nous faire signe avec. On voyait qu'elle n'en menait pas large, toute frémissante dans la brise, agitant sa chemise déchirée, et avant de savoir comment je me retrouvai en haut de l'arbre comme si j'avais grimpé une échelle, j'avais ôté ma veste et l'en avais enveloppée. Bien soigneusement. "Et voilà, mam'selle", dis-je, avec, même tout là-haut dans cet arbre, une espèce de courbette, tandis qu'elle me regardait ; puis, me fixant, elle vit ce que j'étais et sursauta, ses yeux virant du bleu au vert, mais voici qu'à l'instant même montait vers nous, des rangs de ceux qui étaient restés en bas, un autre rugissement joyeux, provoqué, cette fois, par mon geste et je descendis reprendre ma place dans la file. Je la vis, portant ma veste, les yeux toujours fixés sur moi, pointant le doigt, mais je n'avais pas pris cinq ou dix respirations que la compagnie était passée, laissant cette fille derrière elle.

Le soir même, j'étais devant le colonel, lequel, après m'avoir gratifiée d'une semaine de garde de nuit pour m'être défait de ma tenue militaire avant même d'avoir eu l'occasion de me faire tirer dessus avec, me complimenta pour mes talents de grimpeur et pour ma galanterie. Déclarant qu'il ne savait pas qu'on fabriquait des garçons de ferme à ce point sophistiqués. Déclarant que le monde ne cessait de lui procurer des surprises. Que le monde n'était, d'un bout à l'autre, que surprises.

"Et *vous*, qu'est-ce qui vous surprend, soldat ? me demanda-t-il.

— Mon colonel ?

— Je vous ai demandé ce qui, dans ce vaste monde de guerre et de tonnerre, vous surprend."

La réponse me vint très vite, mais je réfléchis quand même une longue minute ou deux avant de la donner.

"Tout, mon colonel."

Le colonel avait l'habitude de tortiller ses moustaches. Il tortilla d'abord un côté, puis l'autre, avant de hocher la tête. Il regarda mon visage un moment, et je savais qu'il voyait un arbre, une veste et une jolie jeune femme qui n'était pas moi.

Ce jour-là, la soirée autour du feu connut, grâce à moi, une belle animation. Un gars qui se débrouillait à la guitare, instrument dont je n'avais jamais vu jouer en plein air, avait déjà tiré une chanson de l'épisode. "Ash le Galant grimpa à l'arbre pour aider une douce jeune fille…"

Ce garçon n'avait pas la voix de Bartholomew à son violon quand nous nous installions le soir ensemble sur une balle de foin sous les étoiles, mais j'avais entendu pire. Un autre gars, joueur d'os, se mit à l'accompagner. Des mains battaient la mesure tandis que deux ou trois autres s'essayaient à une petite gigue, dans laquelle ils m'attirèrent, me forçant à sautiller et à dériver avec eux.

Quand plus tard je sortis prendre mon premier tour de garde de nuit, la chanson me suivit. Un gars de Louisville qui était de garde avec moi me traita de Gallant Ash avant d'en fredonner des bribes. Je lui dis qu'il ferait bien de garder ce nom pour lui mais d'autres l'avaient entendu et s'y mirent eux aussi, et à partir de là, c'était fini. Jusqu'à notre colonel qui, quand je le vis le lendemain, me l'attribua comme si je devais le porter : je l'endossai donc.

C'est avec ce nom sur le dos que, la nuit suivante, je fis feu sur mon premier homme. Ils étaient six ou sept, cherchant le ravage et la ruine, ou Dieu sait quoi d'autre, en train de sortir du couvert des arbres à un pouce du lever du jour. Sur notre portion de ligne, la moitié des gars dormaient à poings fermés, nichés dans les feuilles, et comme ils tardaient à se réveiller, nous ne fûmes que quelques-uns à avoir nos baïonnettes prêtes à faire feu et à mettre en joue les silhouettes floues qui traversaient le vallon en courant. Seule l'une de nos armes fonctionnait et c'était la mienne. J'observai l'homme que j'avais tué une fois ses frères enfuis. Il avait les cheveux bruns bouclés et une courte barbe. Une grande bouche et les pommettes hautes. La balle l'avait touché juste au-dessus du sein gauche. On voyait un genre de fleur brune s'épanouir en traversant son manteau léger. Il portait un vieux pansement répugnant à la main gauche et ses ongles n'avaient pas été taillés depuis un moment.

La relève arriva avec le soleil en nous enjoignant de nous retirer et d'aller au rapport, mais je restai un instant avec l'homme tué. Comme tout le monde, j'en avais vu plein, des morts, mais jamais un de mon fait. Le matin même, je m'étais à la légère fendue d'une nouvelle déclaration sur mon objectif quant à la quantité de rebelles auxquels je prévoyais de faire la peau. Il ne se passait pas un jour que nous ne fanfaronnions à ce propos. Certains de ceux qui avaient déjà connu le combat nous avaient dit que, face à des lignes ennemies nous tenant en joue, le plus probable c'est que nous allions nous enfuir. Mais je n'avais pas fui. J'avais tiré.

*

"Tu as vu ça, mère", chuchotai-je.
Oui, j'ai vu, chuchota-t-elle en retour.

*

Et maintenant voilà où j'en étais. Je voulais prendre la tête du mort dans mes bras et la serrer contre moi mais je n'en fis rien, sachant que ce genre de pensées aussi, il me faudrait apprendre à les tuer. Certains gars de la relève me charrièrent un peu tandis que je

restais là un instant sans leur prêter la moindre attention. Eux n'avaient tué personne ce matin. Quand le
soleil fut assez haut je vis que le mort avait les yeux
bleus.

Une semaine plus tard, le colonel, dont les chevaux avaient été envoyés servir ailleurs, ordonna au lieutenant de former une troupe pour partir en quête d'un site de campement plus loin en avant, et lui dit de m'emmener. Nous fûmes une douzaine à partir à travers les arbres, franchissant les ruisseaux, et après avoir vécu à mille, on eût dit qu'il ne restait plus que nous et les oiseaux pour peupler une terre vide. Nous ne vîmes rien de l'ennemi, ni aucun animal à deux pattes, blanc ou noir. Au bout d'un travail de reconnaissance, nous tombâmes sur une poignée de maisons abandonnées, mais rien qui pût nous servir de camp. Le lieutenant nous divisa alors, afin de couvrir davantage de terrain, et après une heure de marche, moi et le gamin qui m'accompagnait trouvâmes, caché dans les arbres, un endroit qui avait l'air idéal.

C'était un joli coin, fendu par un beau ruisseau bien clair. Il y avait un pont de pierre qui pouvait supporter le poids de nos armes et une cabane pour le colonel et ses officiers. Il restait du foin dans la grange et un grand chêne sous lequel nous nous assîmes un instant pour croquer nos pommes et nos biscuits. Et un puits aussi, d'où nous tirâmes de l'eau potable. À côté du puits se trouvait un abri. Dedans, nous trouvâmes une chaîne et des fers ouverts à côté d'une déclivité dans le sol de terre. On voyait que les fers étaient restés longtemps serrés, et sûrement plus d'une fois, sur quelque chose de tendre.

Nous aurions pu nous attarder à contempler ce lamentable spectacle mais à cet instant un cochon dodu sans doute depuis peu retourné à l'état sauvage arriva en grognant. L'ayant abattu, nous le ficelâmes à une perche que nous portâmes à deux pour, après avoir marqué plusieurs pauses, regagner le lieu du rendez-vous où nous déchargeâmes le cochon et fîmes notre rapport. Il se trouva que d'autres avaient trouvé un meilleur endroit et c'est là que le régiment partit s'installer mais cela n'empêcha pas bon nombre d'entre nous, le colonel compris, de savourer du porc frais ce soir-là.

Je racontai cette journée et ce repas à Bartholomew dans ma lettre suivante. Pensant à certains des oiseaux que j'avais vus, je les mentionnai dans ma lettre, certains arbres aussi, de même que la structure soignée du pont, le bruit du ruisseau qui coulait dessous, toutes choses que je fis également figurer dans ma lettre. Le cochon que nous avions abattu avait couiné presque aussi fort en mourant qu'un cochon du nom de Feuille de trèfle, que nous avions eu à la maison autrefois, et je fis cette comparaison dans ma lettre à Bartholomew avec le sentiment qu'elle était juste. Quand j'eus le sentiment qu'elle était suffisamment aboutie et qu'on ne s'y embrouillait pas à chaque ligne, je relus ma lettre et m'apprêtais à la plier quand l'abri me revint à l'esprit. Je vis les fers et le sang coagulé sur le métal et un frisson me parcourut l'échine, depuis le bas du dos, pour ressortir par la tête en me perçant le crâne. Il n'existait pas de personne vivante qui n'eût vu quelqu'un porter un fer en quelque point de son corps, je le savais, mais ces lieux désertés abritaient une morsure de chagrin qui me fit me réjouir qu'un autre endroit eût été trouvé et que nous n'ayons pas à retourner là-bas.

J'y retournai, pourtant. Dès le lendemain le colonel nous donna l'ordre, à moi et mon compagnon, de prendre la tête d'une expédition dans les environs pour voir s'il n'y aurait pas un autre bout de viande de porc à débusquer. Je nous y conduisis tout droit, comme si j'avais eu la carte tracée sur la manche de ma chemise. Il y avait là autant de soleil que la veille et une brise encore plus agréable. Nous descendîmes un autre porc, et le garçon avec qui j'étais était entièrement d'avis que c'est là qu'on aurait dû installer le camp mais je gardai le silence. De loin, l'abri, avec sa porte qui bâillait, à moitié dégondée, semblait ouvrir sur des ténèbres capables, si vous y regardiez de trop près, de vous conduire jusqu'en des profondeurs d'où vous ne pourriez ressortir qu'au prix d'une âpre lutte.

Il y en avait encore beaucoup pour utiliser mon surnom, mais je ne me sentis guère d'humeur bien galante les jours qui suivirent. Je crois bien que si aucune des dames que nous vîmes en chemin avait dans son émoi perdu sa chemise je l'aurais laissée aérer ses trésors. Plus d'une fois je dus sortir du rang pour trouver un buisson et repartir au trot pour les rattraper. Je n'étais pas seule à avoir avalé de l'eau du marécage au camp que nous avions choisi et à en payer le prix. Aucun de nous n'avait d'intérêt à s'accroupir devant les autres et nous veillions à mettre une bonne distance entre nous, mais la perspective toujours bien réelle que l'un d'eux me tombe dessus à mes affaires, lesquelles revenaient toutes les dix minutes au lieu de toutes les dix heures, et découvre mon secret, n'était pas d'un grand réconfort. Pas plus que le crâne rapporté par un gars de retour de son propre voyage dans les buissons.

Nous apprîmes que nous étions en train de marcher sur les terres où avaient eu lieu les premières escarmouches, et comme certains de ceux qui étaient tombés n'avaient pas été enterrés, les animaux et le vent en avaient dispersé les ossements. À cette nouvelle, nous eûmes aussitôt des os plein la tête, et sur plus d'un kilomètre, du vert, du brun et du blanc poreux partout où nous posions les yeux.

"Il y en a un là", disait quelqu'un.

Un autre lançait : "Il y a une botte là-bas au pied de cet arbre, avec un bout de pied encore dedans."

Il y avait des os dans les fossés, dans les clôtures, des os dans les carex, et des os en forme de vagues cercles sur le fond noir et peu profond d'un ruisseau. Il y en avait à qui ça ne plaisait pas cette façon d'interpeller les ossements, et qui pensaient que nous aurions dû nous arrêter pour leur rendre justice, d'où qu'ils viennent, bleus ou gris, mais le colonel avait ses ordres, alors le régiment avançait, et nous gardions nos bouches ouvertes, continuions à montrer du doigt, sans toutefois toucher aux pelles.

Cette envie d'enterrer les os que nous repérions et qui perdurait longtemps après les avoir vus n'empêcha pas le gars qui avait trouvé le crâne de le sortir quand nous traversâmes une bourgade quelques kilomètres plus loin, ni de le lancer dans les mains d'une belle du coin venue nous regarder passer. Pas mal d'entre nous éclatèrent de rire en le voyant faire. Pas la belle. Elle ne rit pas, ne hurla pas non plus, ni ne lâcha la chose moussue, mais la considéra une minute avant de se tourner pour la déposer soigneusement sur un rebord de fenêtre à côté d'elle. Je la regardai un moment par-dessus mon épaule en me demandant comment, après un tel cadeau, ses lèvres avaient pu former un si intense petit sourire, et comment elle avait pu croiser et soutenir le regard de quiconque la regardait ou lui parlait tandis que nos rangs défilaient. Il y avait un enfant ou deux dans l'ombre derrière elle. Le flanc de la maison avait été noirci par le feu et le toit en partie défoncé. Un élancement dans mon estomac me fit me détourner mais je ne cessai de penser à elle, même quand de nouveau je courus chercher un endroit isolé. Qui sait ce que ce crâne pouvait signifier pour elle et pour les siens. Assise là à mes affaires, je m'entraînai moi aussi à produire un large sourire, puis je me tapotai le crâne pour m'assurer qu'il était toujours bien installé sur mon cou.

Ma mère aimait raconter l'histoire d'un homme ayant entendu dire que la Mort l'attendait au tournant. Il changea de direction et partit dans l'autre sens. Vous savez comment ça finit. Je le savais avant de partir à la guerre et je le savais toujours là-bas, dans le Sud, avec ses ossements et ses toits défoncés par les balles, donc quand les effectifs du régiment de nouveau se mirent à chuter après avoir reçu l'ordre de doubler la cadence au bruit du canon qu'on commençait à entendre, je m'agrippai à mon Springfield, jetai sur mon dos ma boîte de cartouches et laissai tomber mes expéditions dans les buissons pour me dépêcher de suivre. Je n'essayai même pas d'imaginer ce que ça ferait de ne pas suivre. Mon seul regret était d'avoir à m'engager là-dedans avec l'estomac dans un tel état. Mais pas au point de ralentir quand deux caporaux remontèrent les rangs à petites foulées pour dire à ceux qui étaient trop malades de rester en arrière. Et, pas plus que moi, d'ailleurs, aucun de ceux qui m'entouraient ne ralentit, je suis fière de le dire, quand le feu du canon devint si brûlant qu'on eût dit que la blessure nous était déjà faite avant même que nous ne fussions arrivés pour de bon, et que nous eussions déjà fait partie du chagrin et de la gloire éternels du monde, tandis que sous nos yeux les arbres pulvérisés par le sommet s'abattaient à grand fracas et que de toutes parts s'élevaient les clameurs des blessés exhalant leur dernier souffle.

On commençait à voir du gris au loin, en petites taches mais qui surgissaient partout, et on nous fit poser nos sacs à dos et tout ce qui ne servirait pas au combat. Je n'eus pas le temps de m'affliger en voyant partir le portrait de Bartholomew et toutes ses lettres. Je défis juste la sangle de mon sac comme tous les autres autour de moi, et le laissai tomber. Alors nous nous mîmes à courir tous autant que nous étions. Plus loin, une compagnie des nôtres, en bien mauvaise posture, avait besoin de notre renfort sur les flancs. J'avais déjà monté la garde et déchargé mon fusil sur un homme, comme je l'ai dit, mais il y a une première fois pour la bataille aussi. Bon nombre d'entre nous tombèrent dans cet ultime effort, l'air s'emplit de fumée, il sembla qu'on n'arriverait jamais là où on allait et puis on s'y retrouva.

C'était un champ aussi long et large qu'on puisse imaginer, nous d'un côté, eux de l'autre. C'étaient leurs gars sous leurs chapeaux mous et nous sous les nôtres. On ne distinguait pas les couleurs, on aurait cru un miroir. Comme si l'essentiel de l'affaire avait consisté à se préparer à se tirer soi-même dessus. Et que l'autre moitié, le miroir, se préparait à renvoyer sa rafale aussitôt. Cette idée me vint, à laquelle je m'accrochai, qu'il fallait d'abord envoyer des gars déclencher des escarmouches, que chaque camp allait envoyer sa vague, et que ce n'était pas encore notre tour, à nous autres, de combattre. C'est alors que notre colonel arriva à cheval derrière nous et me sortit illico cette idée de la tête. Nous ayant rejoints, il descendit de cheval puis, donnant un tour à sa moustache, déclara qu'on n'avait pas fait tout ce chemin depuis l'Ohio pour cueillir des pétunias, qu'il était temps de faire gronder le tonnerre, s'abattre la foudre, et de faire face au coude-à-coude sans jamais craindre la nuit. Pendant son discours, les gris se rapprochaient toujours, lentement, tandis que nous faisions de même et quand nous eûmes tous cessé, nos gorges et nos yeux étaient déjà en plein combat, nos couleurs se tenant à moins de trente mètres l'une de l'autre.

La veille, un marchand ambulant avait fait halte au camp pour essayer de vendre une armure de fer capable selon lui de repousser toute balle faite de main d'homme et de vous faire rentrer indemne auprès de ceux que vous aimiez mais il avait été accablé de quolibets. Pourtant l'image de cette armure me revint quand commencèrent les volées grises et que le gars à côté de moi se fit cueillir et fut emporté juste au moment où nous levions nos armes. Le gars que j'avais de l'autre côté lança d'une voix éraillée qu'il donnerait tout pour avoir un rocher ou un arbre pour s'abriter derrière, et le vieux près de lui, qui avait connu des tonnes de batailles, éclata de rire, ouvrit une cartouche avec les dents puis renifla bruyamment avant de déclarer "L'arbre, c'est toi, mon gars."

Ce ne furent que batailles et marches forcées, marches forcées et doubles cadences et batailles encore, tout du long des longues journées qui suivirent. Une fois, on nous mit dans un train pour nous conduire plus loin vers l'est, mais je ne pensai pas au monde qui défilait en sifflant, je ne pensai qu'à la fumée de la locomotive pénétrant dans le wagon à bestiaux où on nous avait chargés, aux gars qui ne supportaient pas les secousses et n'arrêtaient pas de vomir par la portière ouverte, au bleu en forme de caneton que j'avais sur mon derrière et qui m'empêchait de m'asseoir. Une autre fois que nous nous étions battus dans un marais, ce qui nous avait valu de nous ôter les sangsues de partout des jours durant, on nous transporta où on avait besoin de nous dans un bateau qui s'enfonçait tellement dans l'eau qu'on s'attendait à tout moment à ce que la moindre vague vienne mettre un terme au boulot de Lee en nous noyant tous.

Chaque fois que nous nous battions, nous enlevions nos sacs à dos et les mettions en tas. Nous en vînmes à les laisser glisser à terre au premier tremblement du sol. Je perdis deux sacs quand les rebelles gagnèrent du terrain sur nous et je cessai de transporter mes photos et mes lettres dedans. Quand j'eus perdu le second, je demandai à Bartholomew de se faire faire un autre portrait. Le photographe se trompa sur ses intentions, le prit pour un garçon s'apprêtant à partir au combat, et le fit poser avec son chapeau haut-de-forme à côté d'une arme dont il était clair sur la photo que Bartholomew ne savait pas trop comment l'empoigner. Il m'écrivit dans le mot qui l'accompagnait qu'il s'agissait là d'un faux qui dépassait tout ce qu'avaient pu faire les Confédérés, mais j'aimais cette image de mon soldat qui n'était pas soldat tenant sa baïonnette comme si c'était un râteau brûlant ou une patte d'ours, et après l'avoir bien et longtemps regardée, je la cousis dans l'étoffe qui, sous ma chemise, m'enveloppait la poitrine.

Je n'avais pas osé lui envoyer ma photo mais après toutes ces batailles je me dis que je ferais bien de me faire prendre en photo avant de gagner mon aller simple pour l'enfer ou de perdre un œil ou un bras. J'obtins donc une permission, fis à pied les quinze kilomètres de route jusqu'au point où je pourrais attraper un chariot pour Washington. J'avais l'intention de passer le temps qui resterait après la séance de pose à voir quelques-uns des monuments de cette grande ville pour laquelle nous nous battions, mais le chariot qui me transportait resta coincé dans le profond bourbier où le cocher, endormi, avait laissé les mules se précipiter. Il fallut deux heures pour le dégager et, le temps qu'on gagne les abords de la ville, qui n'étaient en fait qu'une poignée de baraques désertes, une écurie défoncée, des tentes et des feux de camp à perte de vue, je compris que ce serait tout ce que je pourrais faire si je voulais rentrer à une heure raisonnable. Adieu monuments et visite. Heureusement se trouvait là un photographe qui dit qu'il avait d'autres photos à livrer au camp quand elles seraient prêtes, et que son chariot l'attendait à côté d'une boutique de spiritueux le long de la rivière Potomac. On peut dire que c'est humide, là-bas. Je ne vis rien de notre capitale, et n'en verrai sans doute jamais rien, mais je vis sa rivière et en éprouvai la fraîcheur, les pieds dans l'eau en attendant mon tour. Sur la rive, un prêcheur faisait lui aussi l'article pour sa camelote. Des prêcheurs et toutes sortes d'hommes qui faisaient des discours en tapant sur une Bible, il y en avait dans tous les coins et recoins de la guerre, et si je ne les écoutais ni plus ni moins que les autres, celui-là, au bord des eaux du Potomac, avait un style à lui qui était plus qu'une manière élégante de tourner ses *Marie, Joseph* et *Jérémie*. J'envisageai un instant de laisser le gars qui était derrière moi me doubler pour pouvoir écouter plus longtemps, mais l'heure avançait et j'allais bientôt être de corvée.

Nous ne nous servions guère de nos baïonnettes que pour cuisiner et couper les mauvaises herbes, mais le photographe me fit poser tenant un vénérable tromblon dont, pour les besoins du métier, il laissait la baïonnette fixée en permanence. Il s'empêtra un peu dans le drap de son appareil pour venir se coller l'œil contre la lentille et il me dit que j'avais l'air du parfait soldat. Les oreilles me tintaient encore de la semaine de bagarres que nous venions de traverser et moins de trois jours plus tôt, j'avais vu sur le front un type se faire débiter en cinq gros morceaux par des balles.

"J'ai l'air d'un soldat parce que je sers dans l'armée, espèce de fils de pute, lui dis-je.

— Holà, tout doux, petit", fut ce qu'il me répondit.

Il s'acquitta pourtant de son office. Mais, il faut le reconnaître, c'est vrai que j'ai l'air d'un vrai soldat dans ce cadre de fer-blanc qu'il livra le lendemain. Mâchoires serrées, casquette de travers, les yeux aussi fous qu'un poulain mordu par un serpent. Bartholomew m'écrivit quand il reçut mon portrait qu'il avait cousu pour lui un étui élégant dans un bout de cuir d'agneau bien tendre mais qu'il n'avait pas encore osé le regarder en face de peur de chasser le doux souvenir qu'il gardait de moi.

"T'auras qu'à le regarder quand on m'aura tuée", lui écrivis-je, piquée au vif qu'il ne prenne pas la peine de regarder le portrait que je m'étais fait faire pour lui au prix d'une journée d'efforts.

"Si on te tue je le coudrai dans son étui pour toujours et je l'enterrerai dans la cour avec mon cœur", répondit-il.

"Eh bien, en attendant, jettes-y un œil, et vois comme on m'a appris à bien me tenir droite."

Nous n'étions pas employés qu'à combattre. À la moindre accalmie, notre aide était requise pour monter des parapets, construire des ponts et couper des rondins pour les routes. Quand les camps étaient grands, on se retrouvait en plein soleil à suer aux côtés de toutes les sortes d'hommes qui existent sur terre. J'ai ébranché des arbres avec un Indien de l'État de New York qui avait des bandes vertes et violettes tatouées sur les jambes et les bras, j'ai charrié des rochers, maîtrisé des bœufs et dépecé des chèvres, nettoyé des canons et chargé des chariots de la triste chair de futurs cadavres, le tout aux côtés de Chinois qui ne parlaient pas un mot d'anglais ou de Chinois qui le parlaient mieux que moi, de divers gens de couleur, de toutes tailles, teintes et latitudes. Je crois que si j'étais passée tout droit de la ferme à ce type de travail j'en aurais pleuré sous le choc. Mais les semaines puis les mois qui s'étaient écoulés m'avaient suffisamment dégourdie pour que je m'adapte. Le fait de rester debout en ligne dans votre uniforme bleu vif, le visage répugnant et la tête grouillant de poux, à compter les morts accumulés parmi vos connaissances tout en vous faisant tirer dessus sans arrêt, ça change votre façon de voir les choses. Ça rend capable de faire des choses que vous n'auriez auparavant pas même entraperçues en rêve.

"Récupérez ce tas d'armes" ; "Abattez cette rangée de chevaux" ; "Tuez tout ce qui bouge. Tuez tout ce qui ne bouge pas" : ainsi en allait-il des ordres reçus de mes lieutenants, de mes capitaines et de mon colonel et de n'importe qui portant le bon uniforme. On les suivait, c'est tout, et ne pas les suivre au plus chaud de la bataille, c'était mourir. Peut-être bien qu'on mourait de toute façon. Ça revenait toujours à ça. La mort était le sous-vêtement que nous portions tous.

"Chargez-moi ces canons, nous lançait-on. Faites-leur cracher leurs dents à coups de bottes." "Cassez-lui l'autre jambe." "Vous avisez pas de les laisser filer." "Brûlez-moi ça tout vifs." Après un temps de ce régime, si on m'avait dit de creuser un trou, de sauter dedans, et d'emporter leurs couleurs en enfer, j'aurais laissé tomber mon sac pour essayer.

Ce à quoi je n'étais pas prête arriva quand ils firent venir une troupe de contrebandiers pour nous aider près de Sharpsburg. On racontait que leur bande avait été mise en pièces par une fusillade féroce et avait sauvé un plein hôpital de nos blessés, et comme nous voyions bien qu'ils vivaient sans broncher de la moitié de nos maigres rations, nous les traitâmes avec respect. Nous travaillâmes à leurs côtés plusieurs jours jusqu'à ce que leur aide soit requise ailleurs. C'est quand ils se formèrent en bataillon et se mirent en marche que j'aperçus dans leurs rangs un ouvrier pas comme les autres. Il avait de longues jambes, les épaules larges, et portait une hache capable d'abattre un séquoia. L'ouvrier me regarda, ses yeux s'illuminèrent, et il hocha la tête tout en poursuivant sa marche.

"Hé, toi ! lançai-je.

— Hé, toi, toi-même", répondit-elle.

Toutes les nuits de la semaine qui suivit, je rêvai qu'on me perçait à jour et que frappée de disgrâce j'étais renvoyée. J'écrivis ce rêve à Bartholomew et le lui envoyai, et il me renvoya une lettre disant qu'il avait eu son propre rêve. Dans son rêve j'étais rentrée folle du combat. Je travaillais à la ferme mais ne savais plus parler anglais correctement. Je creusais le sol avec mon fusil et tout mon corps saignait sans cesse malgré les cataplasmes qu'il s'employait à m'appliquer.

Dans cette lettre, il m'envoyait un dé à coudre de terre en me demandant de l'avaler pour me souvenir de lui et de notre bonne vieille maison. Je lui répondis que je me souvenais de lui comme d'elle, que je ne faisais que ça tout le temps. Je lui écrivis que parfois je pensais périr si je ne le revoyais pas bientôt, et que j'avais le mal du pays à en mourir en pensant que je pouvais me faire descendre et ne jamais les revoir, lui et la maison. Je lui écrivis, comme je l'avais écrit auparavant, que je gardais son portrait cousu bien serré contre ma poitrine et que je le touchais tous les soirs avant de m'endormir. Je lui écrivis que si c'était fou de croire mourir à l'idée de ne plus jamais me trouver assise avec lui bien au calme, nous tenant la main ou pas, juste assis ensemble, de nouveau là-bas comme si rien n'avait changé, sur nos chaises ou sur des tas de foin dans la cour, alors que oui, j'étais folle, et qu'il fallait qu'ils me reprennent ma casquette et mon fusil et me jettent en pâture aux porcs.

Je lui écrivis tout ça. Et quand j'eus fini, je vis que je tremblais et frissonnais de tout mon corps. À l'un de mes compagnons de tente qui me demandait ce qui n'allait pas, je dis d'aller au diable et, lorsqu'il fut parti, je pris la terre que Bartholomew m'avait envoyée et je l'avalai d'une traite.

J'avais cette terre dans le ventre quand le colonel se présenta devant ma tente le lendemain plus tôt qu'à mon goût, et attendit dehors une minute en toussotant que je me dégage de mes couvertures, que j'enjambe mes camarades endormis et m'enfourne les pieds dans mes souliers.

"J'ai entendu dire qu'il y avait de gros écureuils dans ces bois, Gallant Ash, dit-il quand je me retrouvai debout devant lui, ma veste à moitié enfilée.

— Oui, mon colonel. Je l'ai entendu aussi.

— Entendu ou vu ?

— Vu", dis-je.

Puis j'ajoutai "Des quantités", même si je n'étais pas sûre à cet instant que ce fût vrai.

"Eh bien, j'ai un cuisinier, ce gaillard, ici présent", fit-il en montrant du doigt un homme à la peau cannelle et à la barbe neigeuse, tenant une brassée d'artillerie de chasse de bonne apparence, "qui prétend pouvoir préparer un délicieux ragoût d'écureuil, si je lui procure la substance. Vous pensez qu'on puisse lui procurer la substance ?

— J'ai déjà tiré des écureuils.

— J'aurais parié de l'argent là-dessus."

Portant notre artillerie dans l'obscurité persistante, nous partîmes droit vers le plus profond du bois. Il nous fallut avancer loin car tout le monde dans le régiment avait fait du tir dans les arbres sa religion *de facto* pour avoir de la viande au dîner. Le colonel ouvrait la marche et c'est lui qui employa cette expression choisie, *de facto*, m'en expliquant le sens.

"Donc on peut dire qu'une chose est d'une façon et il suffit de ce *de facto* pour dire qu'elle est autrement, dis-je.

— *De facto*, c'est la façon dont elle est vraiment.

— On est en train de la perdre, cette guerre, ou de la gagner ?"

Le colonel laissa un moment le silence du matin répondre à ma question qui n'avait strictement rien à voir avec ce dont nous parlions. Puis il alluma le petit cigare qu'il avait tiré de sa poche, en grignota le bout et le laissa répondre quelque temps encore.

"Cela ne vous empêche pas de tirer l'écureuil si je fume ?

— Vous n'avez pas vous-même l'intention d'en ti rer ?

— J'y vois mal de loin, surtout avec peu de lumière."

Sur le coup je manquai lui dire que mon mari était affligé du même mal, et fus à un poil de prononcer les mots. Je restai les yeux baissés sur le précipice, mais penchée en arrière.

"Oui, dis-je.

— Oui quoi ?

— Je peux tirer l'écureuil même si vous fumez."

Ce que je fis. Trois en tout, couleur argent tels des serpents luisants, et deux de bonne taille. Je les tirai tous dans la tête près de leur nid tandis que le colonel, assis, changeait de tronc pour fumer son cigare.

Quand le premier tomba à près de cinquante mètres de l'endroit où nous étions, il s'excusa de ne pas avoir emmené de chien.

"Je n'ai jamais chassé avec un chien, dis-je.

— Moi, toujours. Quand mes yeux étaient encore capables je chassais le canard et d'autres gibiers d'eau. Les chiens étaient indispensables. On manque de bons chiens dans ce régiment.

— J'ai vu nager des chiens mais je n'en ai jamais eu un seul qui aimait trop ça.

— Dans votre ferme de Darke County ?

— Ce n'est pas vraiment de là que je suis en fait.

— Ah bon ?"

Me détournant de lui, je plongeai les yeux dans les arbres. Le sentis hausser les épaules. Attendis qu'il en dise davantage, mais il se contenta de rester assis, en silence, me fixant de ces yeux dont il avait dit qu'ils n'y voyaient pas trop bien.

"Est-ce que c'est supposé faire une différence, mon colonel ? Est-ce que ça change quelque chose ?

— Que vous ne soyez pas d'où vous avez dit venir quand vous vous êtes engagé ?"

J'acquiesçai de la tête.

"J'ai au moins deux officiers qui ne sont pas de la ville qu'ils ont déclarée dans leurs papiers. Je ne peux offrir que de grossières conjectures quant à la masse d'hommes enrôlés. Je ne serais pas surpris que beaucoup de ceux qui sont morts au combat à nos côtés ne soient pas venus d'où ils avaient dit.

— Je viens même d'un tout autre État.

— Très bien. Tant que ce n'est pas un État du Sud. Même si, maintenant que je le dis, je ne vois pas quel serait le problème. À condition d'avoir le cœur loyal.

— Je l'ai.

— Je le sais, dit-il au bout d'une minute.

— Je viens de l'Indiana.

— Notre bon frère de l'Ouest.

— J'avais mes raisons.

— Je n'en doute pas.

— Si je mourais, vous pourriez prévenir à Randolph County, dans l'Indiana.

— La ferme Thompson ?

— Oui, mon colonel, si ce n'est pas trop de dérangement.

— Je ne pense pas que ce le soit. Mais évitons plutôt de mourir.

— Et comment s'y prend-on, mon colonel ?"

Il secoua la tête, avec un petit sourire, puis aspira une bonne longue bouffée de son cigare.

"Vous voulez que je les nettoie ?" demandai-je.

Il lui fallut une minute pour comprendre de quoi je parlais, comme s'il s'était aventuré loin dans des pensées qui ne m'incluaient pas forcément et devait à présent reparcourir tout le trajet jusqu'aux écureuils et les bois pour me faire sa réponse.

"Le cuisinier s'en occupera. En fait, il m'a demandé expressément de ne laisser personne d'autre que lui s'approcher d'eux avec un couteau affûté.

— Qu'à cela ne tienne

— Oui, qu'à cela ne tienne, Gallant Ash."

Nous nous trouvions dans un endroit aéré, une clairière en plein cœur des sombres étendues de noyers, de noyers cotonneux et de pins à encens. Des loriots et des moineaux étaient à leurs jeux matinaux et une brise courant au travers les troncs éclairés sur le flanc aurait pu laisser croire que la grosse chaleur n'était pas près d'arriver. Chez nous je chassais une fois par semaine, même en hiver, mais depuis que le colonel m'avait envoyée après ce porc la deuxième fois, je n'avais pas pris un fusil pour tirer sur autre chose qu'un humain. Quand il me tendit un de ses petits cigares, je le pris, le laissai me donner du feu et, assise là, inspirant l'air et la fumée, je sentis la terre avalée la veille au soir, que j'avais remuée en parlant de l'Indiana, retomber dans mon estomac. Un moment plus tard, nous enfilâmes sur une corde les beaux écureuils que j'avais descendus, discutâmes encore un peu de chiens de chasse, puis nous rentrâmes au camp.

Le colonel poussa un long soupir sonore quand nous eûmes regagné ses quartiers, qu'il m'eut remerciée pour ma compagnie et eut remis les écureuils et nos bons fusils à son cuisinier. J'avais envie de lui demander ce qui l'avait fait soupirer à ce point mais il y a des questions qu'on n'a pas l'occasion de poser et notre promenade commune avait pris fin. D'autant que le cuisinier, non sans talents de comédien, ayant reniflé les canons des fusils que nous venions de lui rendre et ayant achevé l'inspection nasale du fusil qui n'avait pas servi, faisait à présent les gros yeux au colonel. Quand il en eut fini de sa pantomime qui n'arracha au colonel qu'un haussement de l'un de ses sourcils gris, le cuisinier s'empara d'un couteau et se mit au travail sur l'un des écureuils avec tant d'ardeur que nous ne pûmes ni l'un ni l'autre le quitter des yeux. Plus tard dans l'après-midi, exactement comme le colonel l'avait promis en me quittant, je trouvai un bol de ragoût recouvert d'une étoffe portant mon nom au pied d'une souche devant ma tente. Je ne sais ce qui me prit d'embarquer ce bol dans les bois pour manger. Pour être assise, seule, dans la lumière du crépuscule à côté d'un buisson de houx, cependant que les chauves-souris et les chouettes commençaient à fendre l'air au-dessus de ma tête, et lentement déguster ce ragoût qui avait bien meilleur goût que la terre.

À manger de la terre, vous faites d'étranges rêves. Des rêves de retour chez vous, des rêves dans lesquels vous essayez de traverser en courant votre propre champ fraîchement labouré mais en vain ; dans lesquels, enfin rentré, vous essayez d'ouvrir le loquet de votre propre porte sans parvenir à la faire bouger d'un pouce. À manger du ragoût d'écureuil divinement préparé que vous envoie votre colonel, nul rêve ne vous vient. C'est ce dont je fis l'expérience. Morte au monde comme un jour sans lumière et lente à revenir. En fait il fallut, pour me réveiller, un bon coup de pied dans les côtes, administré par le compagnon de tente que j'avais envoyé au diable. Il hocha la tête avec un grand sourire quand je l'en remerciai. Et sourit un peu moins quand je lui envoyai un coup de poing bien senti dans le gras du bras.

Quelques heures plus tard, toujours sous l'effet de ce long sommeil sirupeux, je me fis capturer. J'étais au bout effiloché d'une ligne de garde avec une paire de pieds-tendres venus d'Akron nous tenir compagnie, et qui ne pouvaient pas se retenir de bavasser sans arrêt. Et c'était du Longstreet par-ci et du Sherman par-là, et qu'ils avaient vu Grant une fois dans un défilé et qu'avant l'automne Lincoln serait tombé et qu'un tireur d'élite ferait bien d'ajuster Jefferson Davis pour mettre un terme à ce grand concours de tir. Et de réciter "L'Hymne de bataille de la République" puis de s'exclamer qu'ils auraient bien voulu inventer un poème comme ça, cette madame Julia Ward, elle méritait une place au ciel parmi les anges les plus éminents pour avoir trouvé des mots si beaux. Ils avaient sur nos voies de ravitaillement des avis fondés sur des informations qui n'étaient plus valables depuis 1861, ce dont ils n'avaient cure, à moins, va savoir, qu'ils n'aient apprécié que j'apporte une correction sur ce point. Quant aux Noirs, pour eux ce n'était pas un problème, étant donné qu'un jour ils en avaient vu un couple très impressionnant dans les rôles du clown et du balèze dans un spectacle ambulant installé aux abords de Bowling Green.

Ils pensaient, d'après ce spectacle unique qu'ils avaient vu il y avait si longtemps, et certainement mal vu, que combattre pour libérer l'homme qui est dans les fers était l'acte le plus admirable qu'on pût imaginer. Il pleuvait beaucoup dans la région d'où ils venaient, mais c'était de la bonne pluie du nord, qui ne vous faisait jamais pourrir les pieds. Rien ne valait la lutte à pieds nus, d'après eux, mais ils n'auraient pour rien au monde abandonné leurs chaussures. Vous abandonnez vos chaussures et voilà que vous vous retrouvez aussi perdu qu'une âme en route vers sa perte dans son uniforme gris. Une damoiselle leur avait montré ses jupons à Cincinnati tandis qu'ils partaient à la guerre. Des jupons plus blancs, à ce qu'ils disaient là-dehors durant notre garde, que les plus blancs des nuages.

Le jour d'avant cette conférence, ils avaient mis la main sur du tabac de bonne qualité, et tour à tour ils chiquaient, crachaient et bourraient leur pipe. J'avais toujours le goût du cigare du colonel dans les narines et quand ils m'offrirent de le partager avec eux, je déclinai l'invitation tout en les remerciant aimablement. Je crois bien qu'à eux deux, ils n'avaient pas vu le quart d'une once de combat. Toutes les demi-heures, ils interrompaient le flux de leur belle conversation pour me demander ce que j'en pensais, mais je leur dis que, en admettant que je pense, ce que je m'employais à éviter, surtout quand j'avais bien dormi, ce n'était pas au genre de bouses qui faisaient leur ordinaire.

Ils durent se dire, j'imagine, que ce n'était là qu'une expression bien sentie façon vieux de la vieille, ce que c'était sans l'être, et poursuivirent sans broncher, affichant leurs opinions et racontant leurs anecdotes. Ils essayèrent d'aborder l'histoire de Gallant Ash, qu'on ne sait trop qui au camp avait jugé bon de raviver, alors même qu'un siècle aurait pu s'être écoulé depuis que j'avais grimpé à cet arbre pour enrouler ma veste autour de ces épaules. Je leur dis qu'il n'y avait pas de quoi en parler, alors ils me demandèrent si c'était vrai que j'avais deux semaines plus tôt, au plus grand péril du bonheur de mes jours, récupéré en plein combat des sacs de cartouches sur des soldats morts ou blessés parce que ma compagnie était à court de munitions, et je leur demandai qui leur avait dit ça. Tout le monde, me dirent-ils, le racontait, et ils voulaient savoir si c'était vrai. Sans doute, leur dis-je. Et c'est alors que nous nous fîmes prendre. Les rebelles, ou du moins ceux que nous pensions tels, venaient de nous rejoindre par-derrière pendant nos petites palabres de milieu d'après-midi, nous plantant le bout du fusil dans le dos. Je me sentis stupide et furieuse au point d'en vomir presque mais l'un d'eux me décocha un bon coup de crosse en me disant qu'on n'avait pas le temps pour ça.

Ils nous firent avancer à marche forcée ou rester debout durant les heures qui suivirent et quelques minutes de cette sortie suffirent à montrer que nous ne nous étions pas fait prendre par des soldats mais de banals hors-la-loi. Ils nous dirent qu'ils connaissaient un capitaine ou un major rebelle qui avait promis une récompense pour la capture de soldats de l'Union. Je leur demandai le nom de ce digne officier et celui du régiment auquel il était attaché, les combats qu'il avait menés et ceux qu'eux avaient menés, et je me pris un canon dans la tempe, appuyé bien fort. Ils avaient fait un sacré bout de route depuis cette promesse, où qu'elle eût été faite. En vérité, ils s'étaient tant éloignés de cette récompense que nous dûmes faire halte à mi-chemin et nous reposer pour la nuit.

C'était dans une maison qui semblait avoir été jolie jadis mais ne l'était plus. De la boue zébrait le plancher et le plateau des tables, et de la vaisselle brisée jonchait les pièces. Des pages de journaux et de magazines illustrés avaient été punaisées aux murs, puis arrachées et remplacées par d'autres. Dans un coin, sous une applique fendue, gisait ce qui ressemblait aux restes d'un vase avec les tiges séchées des fleurs qu'il avait dû contenir. Dans un autre coin se trouvait une pile graisseuse de casquettes et d'uniformes rebelles. L'odeur de la pièce ne se trouvait guère agrémentée par celle que répandait l'un des gars d'Akron, voire les deux, qui s'était pissé dessus à force d'entendre les brigands évoquer la récompense pendant une partie de la marche en termes de "mort ou vif", de "mort sous la torture" ou d'un mélange des deux. Une pièce secondaire s'ouvrait directement depuis la pièce principale et après nous avoir donné à chacun encore une claque et avoir accueilli avec force rires et coups de bottes ma demande d'une gorgée d'eau, ils nous poussèrent à l'intérieur et fermèrent la porte à clé.

Les deux gars d'Akron, qui dans la vague lueur verte de la lune baignant le lieu ne semblaient pas avoir plus de seize ans et n'en avaient sûrement pas tant, se mirent à baragouiner dès la porte close, mais moi, je me levai pour regarder par la petite fenêtre. L'un de nos compères ravisseurs était dehors, appuyé contre un magnolia, à fumer une pipe qui était carrément trop fantaisie pour ne pas avoir été volée. Il me regarda, hocha la tête, ôta ladite pipe de sa bouche et m'adressa un hideux sourire aux gencives marron plantées de rares chicots. C'était celui qui m'avait frappée avec son pistolet au début de l'épisode et qui s'était le plus esclaffé quand il avait été question de nous donner à boire.

"Pourquoi vous ne passez pas par la fenêtre pour venir respirer l'air frais de mon fusil ?" fit-il.

J'avais vu de bien trop près qu'il avait un Colt. Vilain petit engin. Sûrement d'un calibre spécial.

"Je vais tenter ma chance à l'intérieur, fis-je.

— Sage décision, dit-il.

— Qu'avez-vous l'intention de faire de nous ?

— Vous livrer pour la récompense. On vous l'a déjà dit.

— Nous livrer en tant que quoi ?"

Au lieu de répondre, il se contenta de tapoter le Colt sur sa botte. Je vis qu'il était muni d'une jarre en argile. Je lui rendis son sourire.

"Bon, ben passez une bonne nuit", dit-il.

Enfant, j'avais connu un fils de pute taillé à peu près comme lui, qui vivait dans la ville la plus proche de notre ferme. Je le voyais quand on s'y rendait les jours de marché et chaque fois il me flanquait une raclée. Un jour il me poussa dans une flaque d'où je ressortis le devant de mes habits tout marron. Ma mère était encore vivante. Encore forte. Elle me regarda avancer vers elle en secouant la tête, s'affaira un moment à vendre le blé qu'elle avait apporté puis se tourna vers moi, m'attrapa fermement par l'oreille pour y chuchoter avec force : "On tend pas l'autre joue, jamais."

Une fois encore, je regardai ce fils de pute qui fumait sa pipe volée sous cet arbre qui ne lui appartenait pas, puis me détournai. En m'appuyant contre la porte bien verrouillée, je constatai qu'elle était solide et ne se laisserait pas facilement forcer. Et de toute façon, il y avait deux autres brigands munis de leur propre type de pistolet en train de manger ces sandwiches au porc pané qu'ils avaient brandis pour nous les faire admirer depuis l'autre pièce. Pas une fente au plafond, ni dans le plancher. Toutefois, une autre porte, plus petite, se trouvait dans la pièce. Elle n'ouvrait pas directement sur notre délivrance mais la délivrance vous arrive de maintes façons. C'était un placard étroit, dont le contenu, étalé à la manière d'un déjeuner dominical, n'était que feutre et crinolines.

Je me suis souvent demandé à quoi ma mère aurait ressemblé dans une paire de pantalons. J'ai essayé de lui enfiler des pantalons dans ma tête mais l'exercice n'est pas aisé ; le résultat pas satisfaisant. Je les lui enfile et me dis que la tâche est accomplie sauf que quand je la regarde de nouveau je m'aperçois qu'elle porte toujours sa vieille robe de travail marron. Ce que je sais, c'est que ma mère avait des jambes d'acier, et longues, et les fois où je les ai vues nues on eût dit qu'elles se tenaient immobiles et souples sur le fond d'un vif torrent. Je voyais ses jambes le dimanche du mois où nous prenions notre bain. Elle sortait de la bassine et ces jambes ne s'arrêtaient pas de sortir de l'eau comme des tornades s'élevant d'un étang.

J'ai vu des gars à la guerre avec des jambes un peu comme elles mais vous n'auriez pas changé les siennes contre les leurs. Il n'y avait rien qu'elle ne pût soulever une fois ses jambes passées dessous. On ne peut pas dire qu'elle avait les bras maigrichons mais c'étaient ses jambes qui la distinguaient. Elle parlait de pantalons parfois. Quand il nous arrivait de temps en temps d'embaucher un homme pour aider à la tâche, à l'heure du déjeuner, elle déclarait, fronçant les sourcils et mâchant sa salade de concombres, que si l'employé avait empilé plus de balles de foin ou grimpé plus vite à l'échelle qu'elle, c'est qu'il n'avait pas de jupe pour s'empêtrer dedans. Ce fut dans ces circonstances qu'elle me raconta un jour que sa mère, tout un été durant, s'était levée chaque nuit, avait enfilé le pantalon de travail de son père, resserré la taille avec une sangle, pour sortir soigner ses roses au clair de lune. Il n'y avait pas de pantalon chez nous mais après cette histoire j'en empruntai une paire sur un étendage aux abords de la ville avant de les enfiler, une nuit, une fois ma mère endormie. Il faisait lourd et je n'aimai pas du tout la sensation de la laine rêche contre mes jambes, mais après avoir bondi par-dessus une flaque et escaladé une clôture, je compris assez vite le principe.

Quand nous eûmes décidé que j'irais à la guerre, je me confectionnai une paire de pantalons dans de la toile à sac, et de nouveau, je sortis au clair de lune pour faire des essais. Cette fois, je sortis après la tombée de la nuit non par crainte des commentaires d'autrui, mais parce que je voulais que seul Bartholomew fût au courant de mes plans, que je n'avais pas envie que qui que ce soit s'interroge, fasse des conjectures. Il y en avait et il y en a toujours plein dans les parages qui sont capables de compter deux plus deux sans s'affoler que ça fasse cinq.

Une ou deux fois, lors de ma parade au clair de lune, Bartholomew m'accompagna dans les ténèbres. Nous fîmes la course pieds nus à travers les sillons. Nous nous essayâmes à traverser la cour au rythme de ce que nous imaginions pouvoir être la marche au pas. Nous partîmes gambader le long de l'allée et une nuit, nous grimpâmes au sommet de tous les arbres du bosquet. Pas une seconde l'idée ne m'effleura qu'un jour je pourrais envisager de faire exactement l'inverse : enlever mes pantalons, passer une robe et sortir à la faveur de la nuit.

Il n'y avait pas place pour une robe chez nous cette nuit-là. Quand nous eûmes fini de grimper et de courir, Bartholomew et moi nous débarrassâmes tous deux de nos pantalons, pour nous allonger à la limite de notre cour. Les moustiques étaient de sortie, et en masse, mais nos ébats furent si énergiques qu'ils n'eurent guère l'occasion de nous attaquer. Bartholomew se redressa peu avant de conclure et me dit qu'il voulait rester. "Ne bouge pas", dit-il. Mais non. Pas question. Je le repoussai. Vis son beau visage dans la nuit. Nous avions fait nos essais, dis-je, et voilà ce qu'il en était sorti.

"Je ne veux pas que tu partes, dit-il.

— Ah non ?

— Constance.

— Ash, mon amour, fis-je, sachant déjà comment me faire appeler.

— Tu es ma Constance.

— Mon nom est Ash. Dorénavant je ne répondrai à aucun autre."

Quand je vis qu'il n'avait rien à répondre à ça et qu'il ne se lèverait pas, mais resterait allongé dans la cour sans rien sur sa peau attaquée par les moustiques, c'est moi qui me levai, remis mes pantalons et le repoussai, un peu plus fort que je n'aime à penser aujourd'hui. Alors je m'éloignai de lui en courant, m'essayant à accélérer puis ralentir jusqu'à me sentir sûre que ça commençait à me venir naturellement et que rien ne pourrait m'arrêter, comme si d'un bout à l'autre de la guerre, ce ne seraient que courses, sauts de clôture, arbres à escalader ; comme si d'enfiler des pantalons sans tomber pouvait me faire gagner quelque chose de plus.

Le fils de pute au Colt somnolait et les gars d'Akron dormaient, ayant pour une minute pris refuge dans leurs rêves, à l'abri de leurs ennuis, quand je sortis cette pile du placard pour voir ce qu'il y avait à en tirer. C'étaient deux robes, l'une verte, l'autre rouge, ayant jadis appartenu à une dame forte qui avait disparu sur la route ou sous terre ou Dieu sait où d'autre. Je choisis le coin le plus sombre, me débarrassai de mes vêtements et de l'étoffe qui m'entourait le buste, puis j'enfilai la robe verte. Elle allait bien sur la poitrine, était lâche à la taille, mais je détachai ma ceinture de mes pantalons pour l'ajuster. Il y avait une tache, mais elle jouerait en ma faveur. Je déchirai une bande de l'autre robe pour m'en entourer les épaules, en me disant qu'elle ferait office de châle.

Alors je m'approchai de la petite fenêtre, laissai doucement glisser mon uniforme à terre, et me hissai à l'extérieur. La première chose que je fis fut un tour par les buissons où je n'étais pas allée depuis ce qui semblait une semaine. Accroupie avec cette robe sur le dos à faire mes affaires, je fus parcourue d'un frisson. Cela faisait un an que je n'avais pas senti mes jambes libres sous une robe, ni même tenu un bout de crinoline, sans parler d'en sentir la caresse partout sur mon corps. La chair de poule me remonta jusqu'à l'aine. L'image des jambes de ma mère jaillissant de son bain me revint. Des tornades sortant de l'eau. Je m'imaginais avoir des tornades sous les jupes en m'approchant, dans le froufrou de la robe de cette femme forte, de l'endroit où le fils de pute dormait du sommeil du misérable, à côté du magnolia. À ses pieds se trouvait la jarre d'argile dont je l'avais regardé boire jusqu'à ce qu'il pique du nez. Je la ramassai lentement puis d'un coup sec, lui plantai le genou dans la poitrine, lui faisant relever brutalement la tête, sur laquelle j'abattis la lourde jarre. Je l'abattis une deuxième fois, puis une troisième et, trempant la main dans le sang que j'avais fait couler, je la portai à mon visage. Je m'en mis encore sur le cou puis je me redressai et m'entourai la tête de mon châle. Alors je saisis son beau pistolet, vérifiai qu'il fonctionnait et l'armai, puis le tenant plaqué dans le dos, je fis le tour de la maison jusqu'à la porte de devant.

Il ne fallut pas une minute pour les alerter. Comme je l'avais imaginé, l'un d'eux se pencha à la fenêtre à l'avant, et en me voyant, me fit un large sourire. Ses dents n'avaient pas l'air en meilleur état que celles de feu son salopard d'ami. Je dis que j'avais été attaquée par des canailles dans la forêt et que j'avais besoin de son aide. Il ouvrit la porte en m'appelant "poupée" et je lui tirai une balle dans la bouche. Son compère avait le fusil à portée de main, il mit en joue mais perdit une seconde de trop à se demander ce qui se passait. Ce que cette femme avec la tête de l'un des captifs faisait là, à descendre les gens. Il prit sa première balle dans le cou. Quand il se leva et tenta un pas de côté, je lui tirai dans la poitrine. Il s'écroula dans la pile d'uniformes gris des rebelles. C'est à peine si on l'entendit atterrir. J'allai vérifier que j'avais achevé ma besogne, vis que non, et lui tirai dessus derechef.

Je déposai le beau Colt sur la table, puis sortis par la porte de devant. Je restai debout un instant à regarder l'allée pâle qui fuyait dans l'obscurité. On eût dit une pensée qu'on avait d'abord eue puis perdue. Après être restée comme ça un moment, je m'assis sur les marches du perron. Exactement ce qu'avait fait Bartholomew, le matin où j'avais pris la route qui après tant de boucles avait débouché sur cette allée pâle et m'avait remise dans une robe. Ce matin de mon départ, j'avais dans l'idée que malgré nos soucis de l'année passée, Bartholomew me gratifierait d'un mot d'adieu délicat, à sa mesure avant d'agiter la main en signe d'au revoir tout en essuyant une larme. Au lieu de quoi, il m'avait regardée une dernière fois, avait enserré son torse de ses bras comme s'il craignait que ses poumons s'avisent de le quitter, puis s'était assis.

"Tu ferais mieux de te mettre en route parce que je ne supporte plus de te voir alors que tu n'es déjà plus là, dit-il quand je m'approchai.

— Je ne suis pas encore partie, mon mari, dis-je.

— Constance est partie."

Ses yeux étaient perdus dans le lointain, comme si son regard avait plus de mille kilomètres à traverser pour me trouver, alors même que je me tenais juste à côté de lui.

"Je suis là, chuchotai-je, me penchant tout près.

— Allez, ouste, à la guerre, Ash Thompson."

Il dit : "Et moi je resterai là en gardien de notre absence de vie et de notre famille avortée.

— Mon mari.

— Allez, Ash, va-t'en maintenant."

Il avait toujours les bras serrés autour du torse et les yeux tournés ailleurs quand je dépassai le virage.

À présent, sortie de mon double rôle, j'étais assise sur les marches de devant, m'essuyant les yeux et songeant à mon Bartholomew, dont j'étais séparée par tant de kilomètres depuis tant de longs mois. Puis revenue dans la maison, je saisis l'une des gourdes renversées sur le plancher et en pris une rasade. Les gars d'Akron qui avaient d'abord gardé le silence tambourinaient sur la porte à présent. Je bus encore puis ôtai la robe de la femme corpulente, la dissimulai, remis ma bande, enfilai mon uniforme, ramassai un bout du porc séché que les brigands n'avaient pas mangé, mordis dedans puis libérai mes camarades.

"Comment tu as fait ? me demandèrent-ils quand ils eurent bu eux aussi et cessé de gambader en tous sens.

— En les roulant, fis-je. Purement et simplement.

— Il y avait une dame, dirent-ils. On l'a vue faire le tour jusque devant la maison.

— Une dame ?"

Comme tous deux me regardaient d'une façon que je n'aimais pas, j'allai leur chercher chacun un bout de porc séché et, du canon du beau Colt que j'avais repris sans savoir pourquoi, leur désignai la pile d'uniformes sudistes servant de lit au mort au coin de la pièce.

"Vous savez ce qu'ils allaient faire de nous ?" demandai-je.

Ils firent non de la tête.

"Ils allaient nous mettre dessus ces fichues couleurs rebelles et nous conduire au pas jusqu'à leurs rangs en tant que déserteurs. J'imagine que quand nous serions assez près ils nous laisseraient filer.

— Pourquoi ? dirent-ils.

— Pour, une fois qu'ils nous auraient tiré dans le dos, que nous ne risquions plus de répondre à la moindre question quand ils nous auraient livrés comme déserteurs."

À ces mots la maison tomba dans le silence et nous restâmes tous à mastiquer en regardant les morts à nos pieds, puis l'un ou l'autre demanda si c'était vraiment ce qu'ils voulaient faire, et je lui dis que je pensais que oui. Tandis qu'ils ruminaient la chose en frissonnant, je leur dis que je voulais plus entendre un seul mot à propos de dames dans la cour, mais qu'ils pouvaient en revanche raconter ce qu'ils voulaient sur ce qui venait de nous arriver, et se donner à leur guise le beau rôle dans notre libération. Alors, eux qui se voyaient empaquetés dans leur tenue de rebelles avant d'être fusillés comme déserteurs, haussèrent les sourcils et opinèrent du chef à l'idée de figurer à un autre titre que cinquième roue du carrosse dans le récit à venir.

"Mais fini les dames au clair de lune", fis-je d'un ton solennel. Ils se dirent sûrs d'avoir rêvé et je leur dis de prendre ce qu'ils voulaient à nos amis. L'un élit une cape en caoutchouc accrochée à une chaise et l'autre fit le tour jusque derrière la maison pour emprunter les galoches du premier que j'avais descendu. Tous deux, "pour montrer aux gars au camp", prirent une arme en souvenir. Ils me demandèrent avec avidité si j'avais l'intention de garder le Colt. Craignant la destination que pourraient s'aviser de choisir les balles restantes, je leur dis qu'il devait rester sur les lieux de son triomphe. Ils hochèrent la tête en souriant, chacun l'air d'être de retour à la maison et prêt à regagner la chambre des enfants pour un bon gros dodo. Je déposai le Colt dans un coin parmi les fleurs fanées et me sentis soulagée de ne plus le tenir. Les brigands avaient posé nos Springfield et nos sacs de cartouches à côté de la porte de la cuisine et nous les récupérâmes. En sortant, l'un de nous, moi peut-être, renversa d'un coup de pied la dernière lampe allumée dans la maison. Au lieu d'écraser le feu sous nos bottes, nous poursuivîmes notre chemin en laissant brûler.

Dans l'ancien temps, il y avait des Indiens ici. Des Miami, des Illini, va savoir, ou peut-être de la tribu des Shawnee. Ils avaient leur camp sur la butte qui se trouve en plein milieu du champ de devant. De temps en temps je déterre encore une pointe de flèche. Dans notre terre, il y a des coquilles d'huîtres venues d'eaux très lointaines. Des os d'ours ciselés, et de loup. Quand j'étais petite et que ma mère me laissait filer, je courais jusqu'à la butte avec un bandeau à plume sur la tête. Je crois bien avoir entraîné un ou deux amis à jouer avec moi au fil des ans. On ne peut rien trouver dans la terre qui vous rapproche du passé véritable, mais l'enfant, au crépuscule, tout à sa danse parmi les tiges de blé coupées, sait le faire apparaître. L'enfant que j'ai été a depuis longtemps disparu mais je me rappelle certaines de ses astuces et, de temps à autre, je ramasse une plume perdue dans la cour et je sens une étincelle. Alors les champs semblent bouger. L'air se fait pesant et s'emplit de feux et de visages douloureux.

Ma mère vint ici enfant. Elle avait grandi assez loin, près de Noblesville, fille de forgeron et de la dame qui portait culotte dans la roseraie. Les affaires du forgeron marchaient bien et ma mère fit un bon départ dans la vie. Quand j'étais petite, il y avait une peinture de ma mère assise dans une voiture à cheval à côté de son père. J'ignore si c'est sa mère qui avait fait ce tableau ou quelqu'un d'autre. Plus d'une fois, je pris le tableau sur le manteau de la cheminée pour l'examiner. Jamais de ma vie je n'avais vu ma mère en robe blanche ni avec un ruban dans les cheveux. Elle connaissait le toucher de la crinoline. Elle connaissait le crêpe, la soie, et les vêtements élégants en tous genres. Devant eux, ils ont un bon cheval, et le forgeron, son regard doux posé sur ma mère en robe blanche, sourit. D'un beau sourire. Le genre de sourire sur lequel on aime à s'attarder. C'était un forgeron qui venait du Vieux Continent, qui savait lire, et lui et la dame qui aimait les roses veillèrent à ce que ma mère sache aussi. Lui emplirent la tête de contes de fées. De ceux qui vous glacent les sangs. J'ai gardé certains des livres grâce auxquels ils lui ont appris. Lui et la dame qui aimait les roses sont morts avant que ma mère n'atteigne l'âge adulte, et on l'a envoyée, avec ses livres et son tableau, vivre dans cette ferme avec sa tante.

J'ignore ce qui arriva à la mère de ma mère, et je n'ai pas trop d'idée d'où est ce tableau maintenant. Ce que je sais, c'est que, une fois adulte, après m'avoir eue, ayant laissé tout cela derrière elle pour s'asseoir sur sa propre terrasse couverte, et de nouveau rire de son rire à elle, ma mère rêvait encore d'épines à s'en réveiller la nuit.

Moi aussi, j'ai un rêve qui me sort du lit. Dedans, je suis perdue dans une foule de visages qui devraient m'être familiers mais que je n'arrive pas à reconnaître. Je suis de nouveau petite et j'ai beau lutter, je suis incapable de me frayer un chemin parmi eux. C'est l'été, l'air est lourd, je dois rejoindre ma mère et n'y arrive pas. Il y en a dans la foule qui portent des torches. Ils parlent, fort, mais je n'ai pas besoin de les entendre pour savoir ce qu'ils disent. Je sais ce qu'ils ont l'intention de faire. Je suis déjà passée par là. La foule se compose d'hommes et de femmes. C'est il y a bien longtemps. Une fois, il n'y a pas si longtemps, j'ai dû m'extraire à moitié de ce rêve en hurlant, car à mon réveil, Bartholomew était debout dans l'embrasure de ma porte à me regarder. Lui debout, moi couchée, alors il me fit son petit sourire avant de s'évanouir en direction de son lit.

C'est ce rêve qui me revint comme nous restions une minute à regarder la maison partir en flammes. Un frisson me parcourt quand vient ce rêve et cette nuit-là aussi, donc je dis aux gars qu'il fallait y aller.

"Joli, hein ? fit l'un d'eux.

— Il y a des âmes mortes là-dedans", dis-je.

Ils eurent une expression montrant qu'ils n'avaient pas pensé à ce facteur de l'équation, puis tournèrent les talons pour déguerpir. En toute hâte, nous nous éloignâmes de la maison sur l'allée pâle. Quand nous croisâmes une route, nous la prîmes. Il y avait des chouettes hulottes dans les hautes branches, des chasseurs aux dents acérées dans les arbres. Nous arrivâmes à un étroit carrefour avec une maison plongée dans le noir à chaque angle. À part un chat blanc assis sur la balustrade d'une des terrasses, pas un signe de vie. Huit cents mètres plus loin, sur la route, nous tombâmes sur un cadavre de mule qui gisait sur le flanc, presque toutes ses entrailles dévorées, et une bonne partie des membres avant rognés. Nous passâmes un étang avec la lune peinte en son centre. On voyait des papillons de nuit fondre sur elle, animés de leur éternel espoir d'atteindre la lumière. L'étang n'était pas loin derrière nous quand nous rencontrâmes un cavalier chevauchant dans les bois. Nous tombâmes tous trois sur un genou, nos armes en joue, mais le cavalier leva la main.

"Officier de l'Union, soldats, dit-il.

— Prouvez-le, fit l'un des gars d'Akron.

— Je ne suis pas sûr de pouvoir, en tout cas pas que ça vous suffise, mais si vous baissez vos armes je descends de Rosie et nous pourrons parler à l'écart de la route."

Nous nous regardâmes tous les trois, puis je hochai la tête, eux aussi, et le cavalier, comme en se jouant, balança les jambes par-dessus sa monture et glissa à terre. Il alla l'attacher serré à une souche de noyer cotonneux, puis nous dit de venir nous asseoir. Il y avait à côté de lui une ou deux souches moussues qui faisaient une lueur bleutée au clair de lune. Nous vînmes nous asseoir avec lui et il tira une bouteille fraîchement remplie de whisky. Il retira le bouchon avec les dents, but une gorgée, puis nous passa la bouteille. D'abord, je fis non de la tête, mais il insista.

"C'est drôle cet air que vous avez, dit-il.

— Quel air ?

— L'air d'hommes qui viennent de batailler dur."

Il nous dit qu'il s'appelait Thomas Lord, officier de cavalerie junior rattaché aux Volontaires du Kentucky. Il s'était trouvé séparé de son unité lors d'une escarmouche et ne retrouvait plus son chemin dans le noir.

"Mon cheval sait, c'est juste que je ne lui fais pas confiance comme je le devrais, dit-il.

— C'est un beau cheval, fis-je.

— Je suis venu à la guerre dessus, depuis je n'ai pas cessé de le monter, et si Dieu le veut, je rentrerai chez moi dessus.

— Mais vous ne lui faites pas confiance.

— C'est un défaut de ma personnalité. Pas le plus gros."

À ces mots, le cheval poussa un hennissement. Lord se pencha pour lui donner une tape affectueuse sur le flanc. Nous avions divisé le porc et les biscuits dont nous avions soulagé les défunts brigands et, après une ou deux bouchées de ce que nous lui avions donné en partage, Lord porta les restes de sa portion au cheval. Le cheval avala sa part de ses délicates lèvres de cheval puis ferma les yeux. Les gars d'Akron prirent ça pour un signal, fermèrent leurs propres yeux et bientôt, poussaient des ronflements si puissants qu'on eût dit qu'ils avaient avalé une grosse grenouille chacun. Moi et Lord, on but un moment, en écoutant leurs coassements de grenouille, puis Lord me demanda dans quel pétrin on s'était fourrés. Je lui racontai. La version où je n'avais pas tout fait. Ne les avais pas tués tous. Ni mis une robe.

"J'ai entendu parler de coups pareils, dit-il. Il y a des variantes mais c'est l'idée d'ensemble. Surtout la fin, que vous vous retrouviez dans l'uniforme gris des rebelles et morts.

— Si on s'est fait prendre, au départ, c'est ma faute. J'ai laissé ces deux pousses vertes s'emballer."

Nous bûmes en silence un moment. Le cheval de Lord lâcha une sorte d'aboiement dans son sommeil et Lord eut ces mots "Ah, c'est ce rêve encore."

Comme je l'ai dit, j'avais pensé à mon propre rêve, aussi me tournai-je vers Lord. Il vit mon regard et me sourit.

"Si on passe assez de temps assis sur une chose on se met à être cette chose, et elle, elle se met à être vous. J'avais un oncle à Louisville qui ne quittait presque pas son fauteuil. Et lorsqu'il se levait, je n'étais pas le seul qui aurait juré que ce fauteuil toussait en lâchant un râle humide, exactement comme mon oncle.

— Vous parlez de cas exceptionnels.

— Mon cheval rêve à une balle que nous avons prise tous deux."

Je suppose que le whisky avait éveillé le tourbillon de la guerre en lui et quand ça arrive, Dieu sait ce qu'un homme peut raconter. J'ai connu un homme après Sharpsburg qui, chaque fois qu'il buvait du whisky, dégainait un couteau pour se l'enfoncer dans le corps. Et moi, moins d'une heure plus tôt, j'étais en robe, à abattre deux hommes, et à en tuer un autre à coups de jarre sur la tête. Alors un homme me racontant les rêves de son cheval, ça semblait bien peu en comparaison. Je me penchai en arrière contre ma souche, hochai la tête et lui dis de poursuivre.

"Nous étions à l'arrière du front, séparés de Memphis par tout juste quelques mètres de terre glissante, et avec assez de rebelles en renfort pour mettre la peur au ventre d'une pleine montagne de nos hommes. N'engager le combat à aucun prix, tels étaient les ordres, se contenter d'effectuer une reconnaissance et retourner au rapport. Et tout semblait indiquer que nous pourrions nous acquitter de cette mission. De belles idées qu'on se faisait là. Des idées comme ça en ont conduit plus d'un à sa perte. En procédant au repli, nous sommes tombés droit dans une embuscade de tireurs d'élite et à la première volée de balles, la moitié des nôtres se sont fait descendre. C'était une nuit plus noire et plus étrange que celle-ci, avec des vents qui couraient de-ci, de-là, et la lune qui jouait à cache-cache avec les nuages. Vous pensiez distinguer une ligne d'où ils tiraient, pour vous apercevoir aussitôt, en voyant tomber l'un des vôtres, que vous aviez tort. Quand le bruit a couru que c'étaient contre Pickett et ses gars qu'on se bagarrait, l'atmosphère étrange s'est mise à nous travailler, nous faisant perdre tous nos moyens. Je ne sais comment, Rosie et moi, on a réussi à nous sortir de là et à grimper sur un promontoire. L'un de mes gars était derrière moi, j'ai levé la main pour lui signifier de faire halte un instant, et là j'ai senti un pincement, et vu qu'une balle de mousquet était venue finir en cliquetant au creux de mes doigts."

Levant la main, Lord montrait le creux entre le majeur et l'annulaire. Puis il traça une ligne tel un petit filet d'eau le long du dos de sa main, qui lui remontait la manche pour venir mourir en boucle sur l'avant-bras.

"Sous mes yeux, cette balle m'a glissé entre les doigts et a poursuivi sa chute. Elle a touché Rosie au cou avant de tomber au sol. Le cheval a poussé un hennissement sauvage et a rué comme s'il avait été blessé pour de bon quand il l'a sentie. Nous avons bien failli tomber tous deux à la renverse sur un tas de rochers. Dans le rêve qu'il vient de faire, c'est lui qui a pris la balle dans son sabot avant droit. Et moi qui ai rué.

— Eeeeh bien, fis-je.

— Le soir même, quand j'ai fait mon rapport au camp, mon supérieur m'a dit que son grand-père s'était pris une balle perdue encore mieux que la mienne en 1812 : juste entre les deux sourcils, avec encore assez de feu en elle pour pénétrer la peau, glisser dessous du côté droit du visage et se loger derrière l'oreille. Quand il était petit, me raconta mon supérieur, c'était une faveur que de grimper sur les genoux de son grand-père et de tâter le petit bout de balle enfoui sous la peau de son oreille.

— Un sacré rêve en effet", fis-je. Que j'aie pro-
noncé ces mots à voix haute ou pas reste toutefois
à déterminer. Les événements de cette longue journée et, à présent, cette conversation étrange avaient
accompli leur office et je sombrai donc à mon tour
dans mes ronflements de grenouille aux côtés des
gars d'Akron et du cheval de Lord. Si Lord en fit de
même, je l'ignore, car le lendemain, quand nous nous
réveillâmes tous trois, il était parti. Pour une raison
qui m'échappe, nul ne parla de cette rencontre quand
nous nous mîmes en route, et peu à peu elle devint
aussi vague dans mon esprit que le rêve du cheval.

J'avais dans l'idée qu'en revenant plus ou moins sur nos pas, nous serions rentrés au camp pour le souper, mais durant la nuit, les forces éparpillées des Seceshs avaient enflé. Depuis une éminence, nous les vîmes, s'étalant telles des têtes de choux-fleurs moisis sur toute la surface de la vallée qu'il nous fallait traverser, aussi nous pénétrâmes dans les rangs de pins pour les contourner. C'était un temps agréable pour la marche. Il y avait des rouges-gorges dans les arbres verts et de douces brises mettaient du bonheur dans l'air. Du coup la nuit précédente avait les allures d'un autre monde, tout de volutes de vapeur et de whisky. Peu à peu, les gars d'Akron, qui n'avaient pas desserré les dents de la matinée, se remirent à gazouiller. J'en fis autant à une ou deux reprises, et peut-être nous serions-nous carrément mis à chanter, qui sait, si, au bout d'une heure de marche, nous ne nous étions retrouvés à piétiner les morts.

C'était une tombe peu profonde creusée pour des centaines de corps et qu'on n'avait pour ainsi dire pas refermée. Le vent avait déposé sur eux de la poussière et les feuilles de la saison précédente si bien que nous avions déjà avancé de plusieurs mètres avant de nous rendre compte de ce sur quoi nous étions tombés. J'avais le pied sur une main quand l'un des gars d'Akron fit : "Je viens de voir un visage" cependant que l'autre disait : "Ça, là, on dirait un bras." Je crus d'abord qu'il ne s'agissait que de morts de l'Union mais je constatai alors que beaucoup de gris les avaient rejoints. Après ça, ce ne furent que morts et ossements sur un kilomètre et demi. "Bon, ben, faut y aller, les gars", fis-je. Il y avait des morts assis contre des arbres, des morts les pieds en l'air, des morts pendus aux branches. Il y en avait qui étaient tombés à trois dans le lit d'un ruisseau et d'autres allongés à part dans une clairière, bien bordés jusqu'au menton par des couvertures de soleil toutes propres. Je vis une tête en passe de se changer en crâne et je songeai à la belle, en me demandant si elle arborait toujours le sien.

Tandis que nous passions entre eux, nous trouvâmes plus d'un corbeau encore occupé à son repas coriace. La plupart des corps que nous rencontrions avaient aussi été attaqués par le genre de charognards qui aiment à picorer dans les poches et les sacs. Pour voir quels trésors pouvaient y être cachés. Nous-mêmes, nous fouillâmes dans un sac ou deux en chemin. Nous avions encore des kilomètres de marche devant nous et le stock de porc et de biscuits était épuisé. L'un des gars d'Akron dit qu'il ne fallait pas, qu'on devait laisser les morts en paix et ainsi de suite, mais je répliquai que de toute façon, ils n'avaient plus besoin de rien. Et puis est-ce qu'on n'avait pas déjà mordu dans les sandwiches des morts ? Cinq cents mètres plus loin, nous nous trouvâmes un sac bien fermé contenant trois bonnes poignées de bœuf séché enveloppé dans des serviettes brodées de roses et accompagné d'un billet avec une rose dessinée en haut. Il avait pris l'humidité mais on pouvait encore en déchiffrer une partie. *Reviens-nous vite, mon fils chéri*, pouvait-on encore lire. Le fils chéri portait une casquette bleue couverte de feuilles qui lui avait glissé en travers du visage. Il s'était acquitté de sa mort seul derrière un buisson d'aulnes.

La nuit tombait quand je me dis que nous avions dû remonter assez au nord et nous fis donc virer plein ouest. Ce furent des peupliers et des lits de ruisseau sur quelques kilomètres et quand nous tombâmes sur un village qu'un coup de canon avait privé de la flèche de son église, nous avions la nuque gelée et les pieds trempés. Un groupe assez important s'était rassemblé autour de torches sur une espèce de place. S'ils nous remarquèrent ou s'ils se soucièrent de nous voir sortir du lit du ruisseau pour nous joindre à eux, ils n'en montrèrent rien pour autant. Une fille tenant une fleur séchée était assise dans un fauteuil face à la foule. Elle avait les yeux fermés.

"Qu'est-ce qui se passe ? demandai-je à un vieux grand-père souriant, appuyé sur une béquille.

— Elle va raconter son histoire, fit-il. Tous ceux qui veulent peuvent s'asseoir et raconter leur histoire.

— Qu'est-ce qu'il a dit ? demanda l'un des gars d'Akron.

— Pourquoi racontent-ils leur histoire ? demandai-je.

— J'ai raconté la mienne tout à l'heure, fit le grand-père. J'ai parlé des œufs en saumure de ma mère. Et de sa soupe de sauterelles. Quand on était dans le Maryland. On a eu la famine. Juste après que les récoltes ont foiré. Quand j'étais jeune.

— Pourquoi ?

— Chut", fit une femme à côté de nous. Elle tenait un bébé qui n'avait pas l'air de devoir s'attarder dans un tel monde de ténèbres. On eût dit qu'une gelée blanche était tombée sur son front pour y dessiner ses motifs. Ça faisait mal rien que le regarder. Un bébé avec une tête de la taille d'une pomme. Ne manquaient que les vers.

"Parce que", fit le grand-père sans rien ajouter, se contentant de désigner d'un mouvement d'épaule les bois dont nous étions sortis. Et puis, à l'opposé, la flèche disparue de l'église.

"On sera tous morts bientôt, voilà ce qu'il veut dire même s'il le dit pas. C'est comme ça, cette guerre. Vous allez nous tuer tous", fit la femme qui portait le bébé.

Alors la femme assise dans le fauteuil se mit à parler.

"Vous pensez tous que je suis juste l'Annie qui vit là-bas derrière chez le forgeron et qui vient balayer vos cuisines de temps en temps. Eh bien c'est faux", dit-elle. Elle avait une petite voix. À peu près de la taille d'une graine de pop-corn qui n'a cuit qu'à moitié, au fond de la marmite. Mais dans la troupe, même les enfants s'étaient tus, on n'entendait que quelques criquets et les miaulements d'un chat quelque part, aussi ses mots nous parvinrent-ils distinctement.

"Vous croyez tous que je suis juste le seuil de l'église et les planches du pont sur le ruisseau, mais c'est faux." En disant ces mots, elle leva les yeux. Sa bouche un peu béante arborait un large sourire. Du regard, elle balaya les visages de ceux qui étaient rassemblés là tout en hochant la tête et pendant ce temps, l'un des gars d'Akron se pencha vers moi.

"Je crois qu'elle est saoule. Je crois qu'ils le sont tous, dit-il.

— Ferme-la, lui dis-je.

— Je sais marcher quand ils regardent ailleurs, fit Annie.

— Mais qu'est-ce qu'elle raconte, bon Bieu ? fit l'autre gars d'Akron.

— Je sais trouver des endroits où le monde ne me verra jamais. Je peux marcher dans l'ombre et je peux marcher dans la lumière. Vous voulez voir ?"

Il y eut des hochements de tête dans la foule. La femme à côté de moi fit "Uh-uh". Le grand-père fit tournoyer sa béquille en l'air.

"Vous voulez essayer, vous voulez voir ? dit Annie.

— Oui, fit la foule.

— Eh bien, non, je le ferai pas. C'est que pour moi, et qu'aucun de vous s'en mêle. C'est mon histoire. Et quand les soldats reviendront finir leur boulot ils me verront pas, alors que je serai juste là sous leur nez."

Et sur ce, Annie se leva, tendit la fleur à un homme debout dans l'ombre à côté d'elle et ce dernier prit sa place dans le fauteuil.

"Il faut qu'on y aille, dis-je.

— Restez, racontez-nous votre histoire, fit le grand-père. Tout le monde y passe.

— Nous avons des kilomètres à marcher.

— Ils attendront, ces kilomètres, petit. Ils ne vont pas se sauver.

— C'est bien ce que je dis.

— Je te donne vingt dollars si tu nous racontes ton histoire. J'ai vingt dollars cachés à l'arrière de ma remise. Ils sont à toi si tu nous racontes ton histoire."

Une sorte de sourire narquois s'était épanoui sur le visage du grand-père. De nouveau il brandissait sa béquille. D'autres commençaient à nous regarder.

"Raconte-nous l'histoire de comment vous allez nous tuer tous. Nous et nos bébés, fit la femme qui tenait la petite chose à tête de pomme.

— Nous ne voulons faire de mal à personne, dis-je.

— Vous ne ferez de mal à personne, dit la femme. Pas moyen. Pas ici. On ne peut plus avoir mal. On est au-delà de ça. Peut-être que c'est nous qui allons vous faire mal."

Sur ces mots, elle tendit le doigt vers la flèche détruite, juste comme le vieux grand-père avait fait, comme si c'était à la fois et la question à poser et la réponse. Tandis que nous nous éloignions, nous entendîmes l'homme qui tenait la fleur commencer son histoire. Il avait la voix forte. Une gorge qui aurait rendu tout fier un sergent de parade. Son histoire avait l'air d'être une bonne histoire. Ça se passait très longtemps avant la guerre, il trouvait un poisson mort avec un serpent vivant dans la gueule et, la semaine d'après, un serpent mort avec un poisson vivant dans la gueule.

Nous n'avions pas dépassé de beaucoup le crépite-
ment des torches couleur de courge quand une
femme plus toute jeune arriva au petit galop derrière
nous sur de longues jambes de cheval et nous invita
tous trois à souper. Nous lui dîmes que nous de-
vions rentrer au camp, et elle nous dit qu'elle avait
du pain de maïs et du cochon fraîchement abattu.
Je déclinai à nouveau mais les gars d'Akron lui
avaient déjà emboîté le pas. Je leur criai que j'allais
partir sans eux mais ils n'écoutèrent pas, et l'instant
d'après, je vis que mes pieds m'avaient trahie et que
je les suivais. La femme vivait à un kilomètre de la
route qu'il nous fallait rejoindre sur une colline qui
donnait sur la vallée que nous avions passé toute la
journée à éviter. On apercevait les feux en contrebas,
on entendait le bruit. Le bruit d'une armée qui se
prépare au sommeil est terrible. Il est à la fois puis-
sant et discret. On ne peut pas aimer quelque chose
qui est les deux.

Elle avait une jolie petite maison que les soldats
n'avaient pas trouvée sur leur passage.

"C'était quel genre de soldats ? lui demandai-je,
mais elle dit qu'elle ne savait pas, qu'il faisait nuit,
qu'elle était debout toute seule dans sa maison.

— Sûrement que c'étaient des rebelles. Ils vous font du mal tant qu'ils peuvent et ils disent que c'est l'œuvre de Dieu, fit l'un des gars d'Akron.

— Pour sûr", dit la femme, d'une manière qui d'emblée et en aucune façon ne permettait de savoir avec quoi elle était d'accord.

Je lui demandai son nom. Elle répondit qu'on n'avait pas besoin de noms. Que ce n'était qu'un souper. Et une ou deux tasses de quelque chose pour nous tenir chaud à tous. Sur ce, elle chaussa une paire de lunettes teintées. Les verres étaient violets et elles avaient appartenu à feu son mari, qui jadis jouait aux cartes sur un bateau descendant la rivière.

"Il avait aussi une visière verte mais je ne la retrouve pas. Avec ça, je vois mieux quand les lampes sont allumées. Vous en avez déjà essayé des comme ça ?" demanda-t-elle. Nous essayâmes, chacun à son tour, de les mettre et de les enlever. Elles rendaient la pièce boueuse et avaient une drôle de forme. Hexagonale. Une fois, en ville, j'avais vu un parterre de fleurs semé en forme d'hexagones avant la guerre et le lui dis. Elle remit les lunettes et me demanda de quelle couleur étaient les fleurs. Je lui dis, sans plus en être bien sûre, que les fleurs étaient violettes.

"C'était quoi, votre histoire ? demanda l'un des gars d'Akron.

— Je me prépare à vous montrer", dit-elle.

J'ignorais à quelle embrouille elle allait nous mener, avec ses lunettes, mais l'affaire se résuma à nous faire sortir par la porte de derrière et à nous conduire le long d'un chemin jusqu'au jardin. C'était un beau petit lopin de terre. Bien entretenu. Les haricots étaient de bonne taille. Des aubergines et des tomates cerises à faire rougir la lune.

"Vous avez un couchage dans ce jardin", remarqua l'un des gars d'Akron.

C'était vrai. Un lit était installé au milieu de la verdure. C'était un engin massif, avec tête de lit sculptée, duvet de plume, oreillers à volants roses.

"J'ai un filet que je sors contre les moustiques. Je tends une bâche quand il pleut. Si vous dormez dans le jardin, c'est paisible. Les oignons et les laitues entrent dans vos rêves. Vous pouvez juste vous laisser aller, toujours plus loin."

Nous restâmes tous quatre debout à méditer ces mots. Des criquets faisaient entendre leur crécelle autour de nous. Trop de criquets, ça vous donne l'impression d'être au fond d'un saladier qu'on racle.

"Vous aviez parlé d'un souper", dis-je.

Elle ne répondit rien et après une autre minute de chant de criquets nous regagnâmes nonchalamment la maison où elle alluma les lampes et sortit des bols de biscuits frais du placard et une bouteille d'un buffet. C'était une bouteille de taille généreuse et nous en bûmes tous. Nous nous trouvâmes peu à peu aussi joyeux que des corbeaux à leur caquetage. Notre hôtesse aux lunettes violettes était la plus heureuse. Elle déclara que quand elle s'était assise dans le fauteuil en ville pour raconter son histoire, tous l'avaient acclamée. Elle demanda au gars d'Akron assis le plus près d'elle de raconter son histoire et quand il en eut dit environ cinq mots elle l'interrompit et demanda : "Puis-je vous embrasser ?"

Il eut l'air sonné. Avala sa salive d'un coup. "S'il le faut", fit-il.

Elle se pencha donc et s'acquitta de la tâche. Juste là, à table, entre le porc froid et le pain de maïs. Après quoi elle demanda si aucun d'entre nous savait jouer du violon, son défunt mari ayant laissé un violon quand il était parti "donner ses espoirs en pâture au massacre", et elle n'avait pas entendu de main d'homme sur l'instrument depuis ce jour. Le gars qui n'avait pas été embrassé se leva, prit le violon, l'accorda, et se mit à jouer. Aussitôt notre hôtesse et celui qu'elle avait embrassé se mirent à battre de la semelle, bras dessus, bras dessous, tout autour de la pièce. Haussant un sourcil j'observai la scène un moment mais quand le joueur de violon me lança un clin d'œil et entonna "Gallant Ash", je me levai, m'excusai et sortis. Une minute plus tard, j'étais de nouveau parmi les légumes, assise au bord du lit de jardin. Une minute plus tard, j'y étais allongée, avec, dans la tête, la flèche de cette église qui n'y était plus, ces tombes dans la forêt qui n'en étaient pas. Je les avais en tête mais ne savais comment y penser alors je fermai les yeux. Je somnolai un peu mais me levai vivement quand je vis que la femme m'avait rejointe.

"Je les ai presque endormis, les deux, là-bas", fit-elle, avant de se précipiter après moi d'où s'ensuivit une comédie mémorable autour de ce lit au clair de lune tandis qu'elle s'avançait vers moi, lèvres offertes, bras tendus et bien résolus à m'attraper, cependant que je reculais en pivotant pour l'esquiver. Dans le clair de lune ses lunettes renvoyaient une lueur orange et rose. Entre ses tentatives nous parlions de la lune. De son antique course, de ses saisons. Elle avait lu de la poésie, ou son mari en avait lu, et, quand elle avait émis quelques commentaires à ce propos, me fonçait dessus derechef. Ce manège dura un moment. Je me fis piquer une fois ou deux et regrettai que notre danse ne se déroulât pas sous une moustiquaire. Soudain elle se lassa et nous rentrâmes.

Il ne se passa plus grand-chose cette nuit-là. Sinon que les deux gars d'Akron finirent dans le lit du jardin et moi, la tête sur la table de cette femme, à rêver qu'un bateau quittait le monde mais je ne pouvais pas embarquer parce que j'étais collée à ma chaise.

Nous avions la tête comme des obus de 155 mm et l'un des gars d'Akron avait attrapé la toux néanmoins nous quittâmes la propriété de la veuve au petit trot le lendemain matin et la ville avec elle, comme si elle avait déjà été désignée comme cible pour exercices de tir au canon par les forces à venir. Nous renonçâmes au trot au bout de deux ou trois kilomètres mais en maintenant une bonne allure tout le jour et peu à peu la limite dépenaillée de notre camp apparut. Nous n'avions franchement pas l'air malin quand nous arrivâmes en clopinant sur la route mais l'un des gardes me reconnut et, d'un signe de la main, nous laissa rentrer. Comme c'était un dimanche il y avait plus de gars qu'à l'ordinaire battant les bois ou agglutinés près du ruisseau ou batifolant dans le grand étang qu'il alimentait. Celui des gars d'Akron qui ne toussait pas se précipita vers l'étang tout en se dépouillant de ses vêtements dégoûtants dans sa course, aussi ne fûmes-nous plus que deux à continuer.

Nous passâmes devant un bouleau avec un gros crapaud cloué dessus. Il lui manquait une patte. On eût dit qu'une simple tape du doigt l'aurait fendu en deux. Ensuite nous passâmes devant un érable couvert de noms de dames gravés. Jesamine, Turquoise,

Apollonia, Marybeth, Ginestra, et ainsi de suite. Le parfum du camp nous frappa juste au moment où nous passions devant les noms, ce qui n'en rendait pas la lecture si suave que ça. Notre sort à tous. Près de la congrégation des tentes se tenait de guingois un chariot de cantinier qui semblait avoir été pillé, mais juste à côté, un banc était installé contre un arbre d'où pendait un panneau indiquant "Rasage".

"Rasage, fis-je au gars d'Akron qui était encore avec moi.

— Pardi, ça me ferait pas de mal."

Ce n'était pas plus vrai pour lui que pour moi, car nous étions tous deux lisses comme des bébés, mais un rasage c'était bien plus qu'un raclage de barbe et nous tirâmes tous deux des pièces de nos poches ; nous n'étions pas assis depuis une minute que nous avions chacun un torchon fumant pendu au cou. Une fois la chaleur des torchons évacuée, le vieux au teint mat qui orchestrait le spectacle nous les ôta et avec de nouveaux torchons bien chauds décrivit de lents cercles sur nos visages répugnants, et si je manquai crier de bien-être, le gars d'Akron, lui, ne s'en priva pas. Cette étape achevée, le barbier sortit un nouveau torchon chaud qu'il me posa sur le visage, puis, après avoir fait tout un bazar avec de la mousse à raser, il se mit à l'ouvrage sur le gars d'Akron avec sa lame bien affûtée. Ses gestes ne produisaient aucun raclement, juste une sorte de rapide et sourd bruissement, ce qui ne l'empêchait pas d'émettre quelques commentaires : que ce n'était pas du luxe, que le jeune homme avait trop attendu et qu'il espérait que "toute cette barbe dure" n'avait pas émoussé sa lame. Une fois la séance achevée et que ce fut mon tour, le gars d'Akron se laissa complètement glisser du banc et demeura, tel un défunt Jésus, allongé sur le sol.

"Je viens de renaître à un monde meilleur", dit-il, toujours gisant. Ou essaya-t-il de dire. La vapeur et le savon avaient calmé sa toux mais elle revenait à présent.

"On va te remettre en état illico", me dit le barbier en m'étalant la mousse sur le visage. Il y avait plus de lessive dans la mousse que dans la variété que j'utilisais chez nous, quand je rasais Bartholomew dans la cuisine, mais elle avait aussi un même parfum de citron. *Swoosh, swoosh*, faisait l'acier sous la mousse. C'était un vieil instrument, rouillé, mais la lame en était acérée. De temps à autre, tandis que le barbier m'essuyait le visage, le cantinier aux yeux de chouette à qui appartenait l'équipement de rasage se penchait par l'ouverture de son chariot et nous regardait d'un air lugubre. Sans doute parce que ses provisions avaient été pillées et sans douceur, me disais-je. La plupart du temps les cantiniers se faisaient plus d'argent que Midas mais à d'autres moments quand les gars en avaient marre de donner tout leur argent pour des gâteaux rances ou des feuilles de papier souillé, ils se servaient, purement et simplement.

"On en est où ?" interrogeai-je quand la pantomime parut proche de sa fin.

Le barbier, qui avait gardé son visage tout près du mien durant sa besogne, se pencha un peu en arrière comme pour inspecter l'ensemble et dit qu'il y était presque, qu'il restait encore quelques points rebelles mais plus pour longtemps.

À ces mots, je fermai les yeux, sans toutefois m'assoupir. Au lieu de quoi je m'imaginai chez nous, dans ma cuisine, et c'était moi qui tenais la lame, moi qui l'avais affûtée sur le cuir.

J'avais rasé Bartholomew la veille de mon départ pour la guerre. Il n'avait pas trop voulu me parler depuis cette nuit dans la cour où je l'avais repoussé mais ce matin-là, je me levai tôt, pour traire sa génisse préférée et ramasser des fraises que je déposai devant lui avant notre journée de travail. Si ce ne furent les fraises et la crème qui lui activèrent les mâchoires, alors ce fut le baiser que je lui déposai sur l'oreille, d'abord sur le dur puis le mou de l'oreille, et quand je lui demandai s'il voulait que j'agrémente le tout d'une séance de rasage il accepta mon offre avec la plus grande courtoisie. Il aimait chanter en se rasant ou quand je le rasais et ce matin-là il chanta des chansons joyeuses, en tapant du pied si vigoureusement que je dus lui dire d'arrêter ou qu'il allait se faire couper. Il cessa de battre du pied mais pas de chanter, et en moins de temps qu'il n'en faut pour le dire voilà que la cuisine résonnait d'une chanson où il était question d'enfants dedans, des enfants qui courent par monts et par vaux et n'arrivent plus à trouver le chemin du retour. Il la chanta un moment, de moins en moins fort, et quand j'essayai de l'embrasser de nouveau pendant qu'il continuait il refusa mon baiser, avant de se lever, incapable de supporter plus longtemps mon contact, le visage encore tout moussu et la barbe à moitié taillée, et en travaillant ce dernier jour, au lieu de nous tenir épaule contre épaule nous restâmes séparés.

Je parlai beaucoup à ma mère, dans ma tête et au dehors, ce jour où nous restâmes séparés au travail.

"Je m'en vais demain et peut-être pour toujours, mère", dis-je.

Je le sais, répondit-elle.

"Je m'en vais, mère."

Je le sais.

"Je m'en vais d'ici."

Pour toujours ?

"N'est-ce pas ce que j'ai dit ?"

Tu as dit peut-être. *C'est seulement si tu ne rentres pas que c'est pour toujours.*

On croit qu'on ne rentrera jamais et on se retrouve là à se demander si on est jamais parti. Le camp restait le camp. En dehors des baignades dans l'étang, des gars se disputaient des rations de biscuits et faisaient de la lutte dans une mare de boue copieusement barattée par les pieds. Une mule se libéra tandis que je passais devant, et je mis une heure à la rattraper avec une bande de types qui s'étaient mis torse nu pour résister à la chaleur de l'après-midi. Si j'avais pu les imiter, quel tableau.

Après le soleil vint la pluie, drue, et je découvris qu'un trou avait surgi sur mon coin de tente, et je passai quelques minutes sous l'eau à le colmater. Durant cet orage un premier lieutenant se fit surprendre avec trois aides femmes dans son appentis et on lui fit porter un tonneau proclamant l'étendue de sa turpitude morale. Certains des gars qui avaient volé le marchand étaient pendus par les pouces sous un hêtre. C'est à peine si j'aperçus l'un ou l'autre des deux gars d'Akron les jours suivants. On aurait dit que ces aventures dans les forêts n'étaient pas arrivées. Le lieutenant passa une bonne partie du temps où il portait son tonneau avec les larmes aux yeux. On libéra les gars pendus par les pouces. Je me mis à écrire à Bartholomew ce qui s'était passé dans les forêts avant de me retrouver à décrire ce lieutenant, qui ne cessait de pleurer de honte. Je continuai sur une autre feuille en lui parlant de mon songe de retour à la maison, dans notre cuisine, de la séance de rasage, et combien je regrettais tout ça.

Deux jours après avoir posté la lettre je me trouvai à nouveau en compagnie de notre colonel. Il avait installé un bureau devant sa tente pour écrire ses lettres et il lui fallut une minute pour lever les yeux après qu'on m'eut annoncée. Il avait l'air un peu plus gris et majestueux que ce matin passé ensemble dans les bois, mais sans doute était-ce le gris majestueux de l'après-midi qui se posait sur lui. Le climat peut faire toutes sortes de choses à un homme. Le faire ressembler à une braise calcinée, à une colonne de glace ou à un tas de pudding au tapioca trop longtemps laissé au soleil.

"Gallant Ash", fit le colonel, levant enfin les yeux. J'avais espéré que les labeurs de la guerre auraient chassé ce sobriquet de son esprit, mais là comme ailleurs, j'avais tort.

"J'ai deux points à discuter avec vous, dit-il. Mais tout d'abord je veux vous poser une question. Est-ce que cela vous dérange ?

— Pas du tout, mon colonel", dis-je. Car que répondre d'autre à son colonel ?

"Avez-vous déjà rencontré un homme ayant peur de sortir ?

— Ça dépend si c'est sortir pour se faire tirer dessus, mon colonel. Ou se faire charger par la cavalerie. Je me suis trouvée souvent au front à côté d'hommes qui avaient peur de sortir et de se faire charger par la cavalerie."

Le colonel me regarda en prenant tout son temps.

"Et vous, vous avez peur de sortir en pareilles circonstances, Gallant Ash ?

— Je mentirais si je disais non.

— Pourtant vous sortez.

— Chaque jour où il le faut. Comme tous vos autres hommes.

— Pas tous mes hommes.

— La plupart, mon colonel.

— Bon, d'accord, Gallant Ash. Disons la plupart. La plupart, ce n'est pas mal. C'est toujours à peu près ce qu'on peut espérer de mieux.

— Donc on ne parle pas de tous vos hommes *de facto*."

Ma réplique le fit rire et je me demandai si on avait fini avec notre discussion, ou pas. Je n'aimais pas ce que je ressentais à rester debout devant lui, et apparemment nous n'en avions pas terminé.

"J'ai un homme dans la compagnie qui ne supporte pas de sortir. Il a une bonne adresse à Yellow Springs, dans l'Ohio, et ne l'avait pas quittée depuis cinq ans quand il a pris les armes. Pas même pour renifler l'air du printemps. Je connais le village de Yellow Springs et l'air du printemps y est irréprochable. Or cet homme n'en voulait pas même s'il entrait à travers le filtre de ses rideaux. Il prétendait que ça le brûlait. À présent, il est à vos côtés au front. Je l'ai observé durant la bataille et il ne faiblit pas, pas plus qu'il ne suit ses camarades pour aller se cacher derrière une clôture, un rocher ou un arbre.

— Et pourquoi donc ?

— Parce que ce n'est pas des balles qu'il a peur. Il a peur du soleil, de la terre, de l'air, enfin de tout, du ciel.

— Je ne le connais pas.

— C'est un parent proche. Mon cousin.

— Dans l'infanterie ?

— Il a refusé une commission.

— Mais pourquoi s'est-il même engagé ?

— Et vous, Gallant Ash ?

— Mon colonel ?

— Nous avons déjà parlé de votre loyauté de cœur et c'est une question qui n'appelle pas de réponse. J'ai gardé l'œil sur vous depuis votre exploit quand vous avez grimpé à l'arbre. J'ai vu de quoi vous êtes capable sur un écureuil. Je suis aussi au courant de votre récente aventure. Je ne sais pas et ne veux pas savoir comment vous vous êtes fait prendre. Je peux mettre ça sur le compte de la ruse des rebelles. Ils étaient rusés, ces putains de rebelles hors-la-loi qui vous ont pris par surprise, Gallant Ash ?"

Je ne répondis pas. Je regardai fixement par-dessus son épaule le lit de camp sous sa tente.

"Très bien, fit-il. Je ne répondrais pas non plus. Surtout qu'il y avait dans ma question une forme de vulgarité à laquelle je me trouve trop souvent céder ces derniers temps dans mon discours. Aujourd'hui je pose des questions qui font croître le silence plutôt qu'y mettre un terme. Ainsi en va-t-il dans la province de la littérature, pas dans celle du commandement. Ce que savait Marc Aurèle. Je viens de me faire envoyer le *Marc Aurèle* de Long par ma femme. Long est un homme de bien. Et son *Aurèle* servira à nos temps de guerre. « Fais-toi violence, fais-toi violence, mon âme. » Superbe."

Le colonel se tourna et prit un livre posé au pied de son lit. Il l'ouvrit à une page marquée par une bande de cuir violet et me fit la lecture. Si vous me demandez comment je me la rappelle encore après tant d'années, je n'en sais rien.

*

"Que tout disparaît vite, dans l'univers, les corps eux-mêmes, mais, avec le temps, leur souvenir aussi ; telle est la nature de toutes choses sensibles, et en particulier celles qui attirent par l'appât du plaisir, terrorisent par la douleur, ou sont vantées au loin par les mirages de la réputation."

*

Le colonel hocha la tête et reposa le livre sur son lit. "Ce qui m'intéresse, dit-il, n'est pas votre motivation pour le service, car le service est à lui-même sa propre et digne réponse, mais l'habileté avec laquelle à vous seul, vous êtes extirpé de ce pétrin, vous et vos compagnons.

— On s'en est sortis tous les trois.

— Votre galanterie chevaleresque vous dépasse. J'ai vu ces deux hommes et je leur ai parlé. Ce sont des blancs-becs à peine sortis du nid et je pratique l'hyperbole en les qualifiant d'hommes. Tous deux seraient plus à leur place à cirer des chaussures. C'est une honte de ce temps et de tous les temps de guerre que d'envoyer des enfants se battre. L'un d'eux pleurait en me parlant.

— Comme le lieutenant.

— Je vous demande pardon ?

— Il pleurait. Dans son tonneau.

— Il a été rétrogradé et envoyé combattre ailleurs. Les galipettes ne sont pas sa transgression majeure.

— Je n'ai rien fait de spécial, mon colonel.

— Très bien.

— On est entrés à trois et on est sortis à trois.

— Bon, bon, parfait."

Le colonel alluma un cigare. Il se le mit dans la bouche et le ressortit. La fumée vint jusqu'à moi et fit un nuage entre nous.

"J'avais envisagé après votre performance sur ces écureuils de faire de vous un tireur d'élite, dit-il.

— Je ne voudrais pas être tireur d'élite, dis-je.

— Peut-être pas, mais je l'avais envisagé après vous avoir vu combattre et pris en compte vos exploits et constaté que vous avez à peine eu besoin de viser pour faire la peau à ces trois rats. J'avais envisagé de vous recommander, de surcroît, pour une citation. Pour votre courage. Pour l'épisode des boîtes de cartouche. De cela aussi, j'ai entendu parler. Mais vous entendez le temps que j'emploie. Vous entendez que je parle au passé.

— Oui, mon colonel.

— Il y a d'autres histoires qui circulent sur votre compte."

J'aspirai une petite lampée d'air. La fumée du colonel entra avec, prit le mauvais chemin dans ma gorge, et je me mis à tousser. Je vis la dame traversant le pré derrière la maison dans la lumière de la lune. Je la vis et sentis son contact.

"Mon colonel, j'ai été bon soldat et me suis bien battue pour notre cause.

— Ah oui ? Un bon soldat ? Est-ce là la formule qui vous vient à l'esprit ? Est-ce là ce qui émerge du cerveau mystérieux menant sa vie marécageuse entre vos oreilles ?"

Je pris une nouvelle inspiration. *Je reviens vers toi Bartholomew*, me dis-je. *Est-ce que ce serait une si mauvaise chose ? Je n'aurais jamais dû partir et à présent, je rentre.* Le colonel se leva. Il faisait une demi-tête de plus que moi. Il avait les épaules larges, et la dorure sur la poignée de son sabre luisait dans la lumière grise. Je me sentais toute petite, et fatiguée. Je ne savais pas ce que je porterais. Un désir fou m'envahit soudain que la robe de la femme corpulente n'ait pas brûlé, que je l'aie fourrée dans mon sac pour la rapporter ici avec moi.

"J'ai reçu un homme ici tard dans la matinée qui prétend que vous lui avez volé des rations dans sa musette pendant sa sieste."

Il me fallut une minute pour entendre ce qu'il venait de dire. Quand je l'eus entendu, il me fallut encore une minute pour me sortir de la tête le clair de lune et ce bruissement que j'avais fait en marchant vêtue de l'étoffe délicate de la femme corpulente, pour revenir à la grossière étoffe de laine bleue que j'avais maintenant sur les jambes et au colonel se tenant devant moi derrière sa fumée de cigare.

"Cet homme en a présenté trois autres prêts à témoigner que vous avez pris votre part de leurs rations aussi.

— Ce sont des mensonges, dis-je. Je me battrai avec quiconque dira le contraire. Je lui donnerai mes poings à manger et ensuite je lui demanderai si le repas lui a plu."

Le colonel me regarda. Il hocha la tête.

"Peut-être bien. Peut-être que ce sont des mensonges. Sûrement que c'est le cas. Je m'attends à trouver autant voire plus d'hommes prêts à réfuter l'accusation. Peut-être que cela m'indiffère complètement. Mais j'imagine que vous comprendrez que je ne suis pas en mesure de vous offrir de position spéciale ni de recommandation avec ce genre de propositions dans l'air, n'est-ce pas ?

103

— Non, mon colonel.

— Je ne saurais en pareilles circonstances vous placer dans la lumière de la reconnaissance et de la visibilité générales, au risque de focaliser tous les yeux du camp sur vous. Il se pourrait que vous vous retrouviez sans aucune liberté de mouvement, comme si vous aviez atterri dans votre propre tonneau, et là que feriez-vous ? Est-ce que vous désapprouvez, soldat ?"

Je secouai la tête. Il hocha la sienne. Il reprit son livre mais sans l'ouvrir. Il ferma les yeux.

"De la vie humaine la durée est un point, et la substance un flux, la perception émoussée, et la composition du corps entier sujette à putréfaction, l'âme un tourbillon, et le sort dur à prédire."

Il tapota le livre, ouvrit les yeux.

"Et le sort dur à prédire, répéta-t-il.

— Oui, mon colonel."

Nous restâmes un instant sans bouger. On entendait des éclats de canon au loin et un chant d'oiseau plus près.

"Vous pouvez disposer, Gallant Ash", fit-il.

Il me regarda en haussant un sourcil et quand celui-ci retomba je m'en allai.

"Je suis au bord de l'épuisement", écrivis-je à mon mari le soir même après cet échange.

"Reviens-moi quand tu seras prête, me répondit-il. Nous pouvons essayer de nouveau."

"Je ne suis pas prête, pas encore", écrivis-je.

"Je continuerai à attendre", écrivit-il.

Alors le colonel donna des ordres et nous reprîmes notre marche, franchissant une belle langue d'eau, puis à travers une petite montagne verte, pour entrer dans le début de mon enfer.

DEUX

La bataille dura des jours et des jours. Dans nos têtes, ces jours étaient des semaines. Dans nos rêves – nous rêvions recroquevillés en petits tas à même le sol, dur et froid – ces semaines étaient des années. Ma compagnie avait reçu une batterie pour assister la garde et certaines nuits, nous prenions notre repos sous le canon. Les rebelles ne nous laissaient pas refroidir et plus d'une fois, ça jouait du couteau sous les étoiles. En plein combat, nous reçûmes l'ordre de laisser tomber et nos gars tirèrent de ce six-pieds juste au-dessus de nos têtes. Les rebelles eux aussi avaient entendu l'ordre et ils abandonnèrent en même temps que nous si bien que la seule victime fut un chêne.

Le jour, ils faisaient jouer leurs mortiers sur nous. Au bout d'un moment, on aurait cru qu'il neigeait de la terre et de fins copeaux de métal. Ils tuèrent un certain nombre de gars de ma compagnie pour de bon mais ne parvinrent pas à s'emparer de notre canon pendant que nous montions la garde. Une fois ils tentèrent de charger. Aujourd'hui encore je lèverais mon arme contre le premier rebelle se présentant à mes yeux, mais le spectacle de cette rangée de cavaliers superbes vous arrivant dessus à travers la fumée était fort beau à voir. Il y avait dans cette charge la part du Sud qui valait la peine d'être sauvée. Pas la part des maîtres qui utilisaient des esclaves pour leur gratter le dos et faire leur lit. Travailler leurs terres. Construire leurs demeures. Les fouetter quand l'envie les en prenait. Non. C'étaient ces cavaliers, courbés sur leur monture, pistolet au poing, sabre brandi. Ils ressemblaient à des chevaliers. Comme si ce n'était pas de la poudre qui leur noircissait le visage mais le sombre foulard d'une dame en guise de manches.

Nous étant mis en ligne, nous commençâmes à les pourfendre à coups de mousquets et je vis notre canon arracher la moitié de la tête d'un beau hongre blanc. Mais ils ne s'arrêtèrent pas et vinrent à portée de sabre, de sabot et de pistolet. Vous avez déjà essayé de vous battre contre un homme à cheval ? Un homme qui tient une arme à la main ? Un homme qui arrive tout droit de chez les Natchez* juché sur ce démon de cheval qu'il monte depuis sa naissance, et assoiffé de sang ? Un gars qui se trouvait à peine à plus d'un mètre de moi se fit changer en bouillie par une jument pie aux yeux rouges. Un autre se fit fendre le crâne en deux d'un coup de crosse de pistolet. Une pointe de sabre me traversa le bras et j'aurais pu trouver la gloire mais une balle surgie de nulle part emporta mon ravisseur vers la sienne. C'étaient les renforts. Quatre cents fantassins en bleu pour combattre les cent cavaliers. Seule l'armée grise avait une infanterie en propre. Je me fis attacher une manche de chemise bien serré autour de ma blessure par un premier lieutenant qui cinq minutes plus tard était mort. Une fois le pansement douillettement arrangé, je chargeai mon mousquet et repartis au combat.

* Peuple amérindien.

Nous nous jetâmes dans la bagarre encore et encore, et quand nous ne fûmes plus assez pour monter la garde autour de la batterie, des troupes arrivèrent pour nous relayer et on nous envoya défendre les flancs entre les arbres. En deux jours, pas un de nous qui n'ait pu fermer l'œil, même un quart de seconde ; n'empêche, on nous en remit le double. J'imagine que je n'étais pas seule à ne rien entendre à cause du canon, et nous courûmes au combat à travers bois dans un silence que je donnerais volontiers la part heureuse du monde pour ne plus jamais connaître.

Je vis le colonel parmi ces arbres. Il chevaucha jusqu'à nous, parla brièvement à ses officiers puis, croisant les mains sur le pommeau de sa selle, il attendit avec nous. Quand il me vit, il dit quelque chose. Mais je n'entendis pas quoi. Il le répéta et je montrai mes oreilles en secouant la tête. Il opina du chef, souleva le menton et porta les yeux sur un point près de nous dans la file de soldats. Un homme était assis sur un rocher, mousquet sur les genoux. Nous autres, nous étions tous tapis dans des creux au sol. J'avais déjà vu cet homme au combat. Je m'étais même trouvée à côté de lui. Moi qui croyais tirer vite : lui, c'était une vraie mitrailleuse Gatling. L'espace d'un instant, j'essayai de me représenter sa chambre à Yellow Springs, où l'air tentait de s'infiltrer par la fenêtre pour le tuer. Je m'assoupis en considérant cette image, qui m'emporta bien loin. Quand je m'éveillai, le colonel était toujours là sur son cheval et cet homme qui avait peur du monde entier était toujours assis sur son rocher, souriant pour une raison quelconque en se grattant le genou.

Alors, tout autour de nous, les branches se mirent à tomber. Près de ma tête, l'air se déchira pour laisser passer une balle. L'un des lieutenants de ma compagnie s'approcha, posa un pied sur le rocher à côté de moi, sortit son pistolet, et se pencha en avant. Quelqu'un cria et je me rendis compte que j'entendais de nouveau.

"Que personne ne bouge !" hurla le lieutenant.

Alors comme s'ils avaient été là tout ce temps, mais invisibles, des rangs et des rangs d'uniformes gris et jaune passé se mirent à bouger dans les arbres.

Ils arrivèrent en cinq vagues successives et, à la quatrième, il ne restait plus à chacun de nous qu'une poignée de cartouches. S'il y en avait eu six, nous aurions dû combattre à coups de baïonnette et de dents. À un moment du combat, le colonel était descendu de cheval pour se mettre en ligne, entre moi et son cousin. Avec ses grosses moustaches on ne voyait pas sa bouche, mais il avait l'air d'un homme qui serre les mâchoires. Cela faisait trois bonnes heures qu'on y était quand j'aperçus les deux gars d'Akron à côté de moi. Chacun semblait avoir pris dix ans. S'ils me reconnurent, ils n'en montrèrent rien. Tapis dans un trou derrière un arbre mort, ils se faisaient les plus plats possible, mais lâchaient leurs rafales. L'un d'eux mourut quand les rebelles tentèrent de charger. L'autre fut balayé par une salve.

Mais moi, je restai auprès du colonel et de son cousin jusqu'au bout. Le colonel avait rassemblé ses officiers pour reformer la ligne, et à présent, nous attendions, allongés, avec à peine une balle pour faire face à cette cinquième vague, alors que toutes les boîtes de cartouches avaient été raflées aux morts, par moi et bien d'autres, pour engraisser nos stocks. Le colonel était debout à côté de son cousin, qui avait trouvé le chemin pour revenir à son rocher. Tous deux étaient noirs comme des ramoneurs à cause de la poudre brûlée et avaient un cigare à la bouche. Mon lieutenant avait pris une balle dans l'épaule mais il se releva et posa une jambe là où il l'avait mise la première fois.

"Alors, on en est où, Gallant Ash ? demanda-t-il.

— Je reprends mon souffle, mon lieutenant.

— Eh bien, prends-en encore, et lève ton fusil, parce qu'ils arrivent, bordel."

Ils arrivèrent effet, et ce fut comme si un vent brûlant arrivait avec eux, enflammant l'air de part et d'autre de mes oreilles, et le monde se souleva et bascula. Je commençai à charger, pour rebrousser chemin l'instant d'après. Un gars faisant deux fois ma taille me flanqua un coup de pied dans le ventre et je tombai dans un trou invisible. Sans que j'aie le temps de dire ouf, on était deux dans le trou, et j'essayai de mettre la main sur mon arme mais je vis que c'était le cousin du colonel qui était descendu de son rocher. Il me regarda et sourit, et malgré l'averse infernale qui nous tombait dessus et la bataille tout autour, je peux vous dire tout net que c'est le plus bel homme que j'aie jamais vu. Ce n'était pas la beauté qu'on peut voir de loin dans les rangs, perché sur un rocher ; c'était la beauté qu'on ne voit que de près, avec la mort qui menace, une beauté tout en joues tendres, noircies de fumée et les yeux flamboyants.

"Vous êtes le cousin du colonel, dis-je.

— A-t-il déclaré une parenté entre nous ?"

La voix était aussi claire et belle que le visage. Une voix bien ronde et lisse, sortie tout droit d'une baratte de beurre mise à rafraîchir dans l'eau pure d'un ruisseau. Il dit une ou deux choses encore de cette voix mais je ne l'entendis pas à cause des coups de feu au-dessus de nos têtes. Un courant d'air frais s'engouffra dans notre trou, lui soulevant une mèche de cheveux humides du front. Il se pencha tout près de moi.

"Je sais ce que vous êtes, dit-il.

— Je suis un soldat de l'armée de l'Union.

— Je sais cela aussi.

— Il faut qu'on sorte de là."

Mais je ne bougeai pas d'un poil, et il souleva sa main délicate pour la poser contre ma joue. Il la garda ainsi, sans que je bouge, ni ne respire, ni ne frissonne ; je fermai seulement les yeux et laissai mon visage reposer contre sa main.

Quand j'ouvris les yeux, je vis qu'il était sorti du trou d'un bond, et je supposai qu'il avait couru regagner son rocher. Je l'y aperçus quand ma joue eut cessé de me brûler et que je fus sortie du trou. Il était debout sur son rocher, arme brandie. J'eus l'idée de courir à lui pour lui faire de nouveau poser sa main contre ma joue mais mon lieutenant revint se poster derrière moi.

"Alors, on en est où, Gallant Ash ? demanda-t-il, exactement comme il l'avait fait quelques minutes plus tôt.

— Je reprends mon souffle, mon lieutenant, fis-je, moi aussi comme si je ne l'avais pas déjà dit.

— Eh bien, reprends-en encore un peu."

Sur ce, j'entendis le canon rebelle, je vis l'arbre s'abattre sur moi et me sentis tomber à la renverse tout à la fois. Cela n'arriva pas tout à la fois, j'en eus seulement l'impression, parce que le lieutenant n'était plus là, le beau cousin du colonel avait disparu de son rocher et les rebelles étaient presque sur nous. Une branche souple me fit basculer et le tronc me plaqua au sol. Sans doute qu'un peu du souffle que j'avais pris s'était perdu tandis que je ramassais un bon coup sur la tête, car quand je levai les yeux à travers les feuilles et les branches, ce fut comme si les gris et les bleus à tour de rôle sautaient par-dessus le fatras me recouvrant, et que l'issue de toute la bataille tiendrait à qui ferait le bond le plus élégant au-dessus des décombres.

Alors je dormis. Je m'en fus voyager dans des contrées en noir et vert. Quand je me réveillai c'était tard dans la nuit. Des étoiles illuminaient le ciel, de petits points brûlants qui brillaient. Plus gros que les étoiles au printemps dans l'Indiana. Je commençai à les compter mais il y avait trop de feuilles de chêne devant mon visage. J'essayai de les écarter mais découvris que j'avais les bras cloués le long des flancs. Je pouvais tourner le cou et faire gigoter mes orteils et mes doigts, mais sinon je ne pouvais bouger d'un pouce. La brise souffla vigoureusement dans les feuilles au-dessus de mon visage pendant bon nombre de respirations, puis retomba. Dans ce silence j'en entendis plus que je ne voulais, et je fermai les yeux.

J'étais, plus d'une fois, sortie debout de la bataille, aussi avais-je une idée assez précise de ce qui gisait à côté de moi cette nuit-là, à griffer l'air. Les fantômes de ceux qui venaient de mourir et qui d'en haut se riaient de ce qui jonchait le sol, taillé, brûlé, brisé et pourtant toujours conscient. Les nôtres comme les leurs étaient tombés, et pas moyen de savoir de quelle couleur était l'uniforme d'où s'élevaient ces gémissements. Un gars appelait sa tante Jane. Un autre essayait de siffler. Trois ou quatre réclamaient

quelque chose de liquide à se faire couler dans le gosier. J'imagine que, tous autant que nous étions, nous
avions pensé à ces combats comme au Désert à venir,
quand les blessés seraient abandonnés sur place, que
la forêt aurait pris feu pour tous les prendre dans ses
bras de flammes. C'est une arme qu'il vous faudrait
si le feu vous arrivait dessus sans que vous puissiez
bouger. De quoi vous emporter loin et vite. J'aperce-
vais mon mousquet en tournant le cou vers la droite
le plus possible. Mais même si j'avais pu bouger, je
voyais bien qu'il était tout comme moi bien solidement cloué au sol. Alors la panique me prit. Je me
secouai, poussai, toussai et me contorsionnai autant
que je pouvais. Rien. J'avais un tronc en travers du
torse et une branche sur les jambes. L'arbre n'était
qu'une jeune pousse, guère plus, mais il avait bien
poussé, était plein de sève et m'était tombé dessus
bien comme il faut.

"Je ne peux pas bouger parce que j'ai une balle
dans le dos, fit une voix derrière moi.

— T'es des nôtres ou des autres ?" demandai-je. Je
tendis le cou sur la gauche et vis la semelle d'une botte
avec un trou percé de part en part. Le bout remua un
peu quand je posai les yeux dessus.

"J'imagine, fit la voix.

— Je suis coincée, c'est tout, dis-je. Je ne suis pas
blessée.

— Ça changera pas grand-chose si tu restes coincé",
dit-il.

Je n'avais rien à répondre à ça. Je me contentai de
frémir un peu. Ça ne menait nulle part. Au bout
d'une minute ou deux, passée à me regarder, je suppose, il reprit.

"On dirait que t'as une éraflure sur le bras."

J'avais oublié mon bras. J'avais bien eu conscience d'une douleur mais sans avoir encore songé à vérifier. À peine eut-il parlé que je me mis à l'éprouver, comme si un peu de ce feu que nous ne voulions pas voir venir avait commencé à brûler.

"C'est bien ça, une simple éraflure, dis-je.

— Bon Dieu, qu'est-ce que j'aimerais un peu d'eau.

— Eh bien, attends une minute et je cours t'en chercher."

Cela nous fit rire tous deux, mais son rire à lui ne courut pas bien loin. On entendait à sa voix et sa respiration qu'il n'en avait plus pour longtemps à jacasser.

"Tu viens d'où ? demandai-je.

— Là où tu es, le sol a l'air meuble, dit-il. On dirait qu'il y a que des bouts d'écorce, et qu'en grattant un peu, on en viendrait à bout. Tu peux bouger les mains ?"

Je bougeai les mains, enfonçai les doigts. La terre était aussi tendre qu'il l'avait dit.

"Tu viens d'où ? demandai-je, activant mes doigts, les incurvant puis serrant.

— Travaille vers toi, creuse une fosse, vas-y doucement pour ne pas attraper de crampe, vois si tu peux créer un espace."

Il y avait eu une minute de silence mais une chouette guère maligne passa ostensiblement au-dessus du champ de bataille, faisant reprendre les gémissements autour de nous. Quelqu'un demanda à Dieu de descendre le tuer. De venir l'abattre d'un éclair de Sa puissante main. Ils allaient être pulvérisés de tous côtés, ces pleureurs et gémisseurs. Comme s'ils étaient tombés des nuages de Dieu. Dans le lointain, on distinguait le bruit du canon. L'artillerie lourde se préparant pour un nouveau jour. À ouvrir d'autres joyeuses clairières comme celle-là. Des odeurs nauséabondes planaient dans l'air. Les corps ne pouvaient plus veiller à leurs affaires. Des choses s'ouvraient qui n'auraient jamais dû s'ouvrir.

"Tu sais ce que j'aimerais plus encore que cette gorgée d'eau, plus que tout, à part me débarrasser de cette balle dans le dos ?" dit la voix.

Toute à mes travaux d'excavation qui allaient progressant, je ne répondis pas.

"Une belle feuille toute propre de papier ministre. Un chiffon de coton vierge. Un tissage en lin couleur crème.

— Cette balle t'a atteint le cerveau, dis-je.

— Je travaillais dans un cabinet d'avocats sur Carpenter's Lane à Richmond. Je passais mes journées à copier des documents sur du beau papier.

— T'es un Secesh.

— Juste une feuille de papier. Une page toute douce. Ça fait un an que je n'ai eu en main que de vieux lambeaux. Que j'écris mes lettres à ma famille sur une pile de vieux carrés de papier peint. Tu as déjà essayé d'écrire d'une belle écriture sur du papier peint ? Le papier, c'est ça que vous nous avez volé, plus encore que nos maisons et nos terres.

— Ça y est, je suis en train d'arriver à quelque chose.

— J'ai des petits-enfants, plus d'une demi-douzaine. Tous habitent près de nous. J'étais en train d'apprendre au plus grand des garçons à écrire quand je suis parti. Il sait tenir la plume, ah ça oui, monsieur."

Une quinte de toux le secoua et il se tut. À mon bras, le feu semblait se propager jusqu'à l'os. Ce fut ma main droite qui fit le plus gros du travail d'excavation et qui me libéra. L'aube allait se lever quand dans un dernier effort, je me dégageai. Je restai allongée un bon moment à goûter ma liberté, puis j'ôtai la baïonnette de mon mousquet et m'approchai du soldat rebelle. C'était un vieil homme à la barbe blanche et aux petits yeux pleins de douceur. Trop vieux pour être soldat. Trop vieux pour être quoi que ce soit.

J'avais toujours le havresac pendu au cou. La première chose que mes doigts y trouvèrent était une pomme. Je la mangeai puis replongeai les doigts dans le sac. Tout au fond, soigneusement pliée, j'y trouvai une feuille de papier. Je ne savais pas si elle avait quoi que ce soit de particulier mais je l'avais achetée récemment pour l'envoyer à Bartholomew et hormis quelques traces de fumée elle était propre. Je la dépliai, sortis mon bout de crayon et écrivis *Carpenter's Lane, Richmond*, puis repliai la feuille et la glissai dans sa chemise, en la laissant bien dépasser.

J'avais dans l'idée de partir au trot à la recherche de mon régiment, mais ça ne se passa pas comme ça. Laissant derrière moi l'arbre qui m'avait faite captive, je découvris que le chemin que je souhaitais emprunter était plongé dans l'obscurité. Les morts et les presque morts gisaient de toutes parts. Il fallait faire attention où on mettait les pieds. Il faisait trop sombre pour qu'on discerne la route. Je marchai sur une jambe, ce qui restait du tronc auquel elle était rattachée fut parcouru d'un frisson, et je paierais cher pour me débarrasser du souvenir du visage contracté par ce frisson. Un ou deux hommes qui pouvaient encore ouvrir les yeux me demandèrent de l'eau. J'étais à ce point assoiffée que je leur en aurais volontiers volé leur dernière goutte. J'avançai au hasard, en trébuchant. De temps à autre j'entendais un canon et songeais à prendre cette direction, mais les bois et les pentes étaient fourbes et me jouaient des tours pendables.

La lumière vint et je marquai un temps de pause pour prendre mes repères. J'ignore si j'avais bataillé une heure ou dix minutes, mais à un jet de pierre, par là-bas, se trouvaient le soldat mort de Richmond et mon arbre geôlier. Les gars qui n'avaient pas été morts jusque-là s'étaient tus. J'espérais que c'était à cause du sommeil, d'un genre ou d'un autre. Mon bras ne me brûlait plus pour l'instant et devenait froid. Je m'assis pour y jeter un coup d'œil mais je m'évanouis tout net quand j'essayai de remonter ma manche. Je m'éveillai avec le poing du soleil dans la figure et un tintement aux oreilles. Je me levai, gravis une pente et escaladai une clôture sur laquelle un gars était embroché, un lambeau de son visage pendant tel un fanon au soleil.

Devant moi, le champ était jonché de morts. La compagnie locale de vautours avait déjà infiltré les lieux, retournant les poches et emportant les cantines. De-ci, de-là, on tombait sur un membre qui avait pris congé de son propriétaire. Un gant était parti avec une main et une botte avec un pied. En plein milieu gisait un bovin mort. Je n'avais pas encore faim et il me restait une pomme et un biscuit dans mon havresac ; sinon j'aurais bien pu m'en prendre à sa viande. Au bout du champ il y avait une autre clôture, un autre champ. Celui-là était vide, à l'exception de boulets de canons. On voyait le tunnel qu'ils avaient ouvert en passant dans les arbres et sur le sol en roulant. Le champ d'après n'était, lui, que chardons hideux et velléités de brise.

Vers midi je parvins à une belle demeure ancienne qui avait été presque entièrement détruite par les flammes. Il ne restait que les baraques tout autour, tels des champignons encerclant une rose noire. Je passai la tête dans l'embrasure de la porte de deux ou trois d'entre elles et vis une croix et un portrait du président Abraham Lincoln tiré d'un magazine, mais rien de plus. Je regardai dans le puits et vis ce qu'était devenu le chien de la demeure. Il flottait sur le flanc.

L'air sentait la fumée et la menthe, qui poussait en brassées d'un vert profond le long de la clôture. Chez nous, notre activité favorite, à Bartholomew et moi, c'était de passer la faux dans un carré de menthe. Deux ou trois volées, et le paradis vous montait aux narines. Bartholomew savait faire un thé à la menthe à tout casser. Il le préparait le matin, le plaçait au cellier, et nous le buvions le soir pour nous rafraîchir. La pensée des trésors enfouis dans notre cellier, là-bas dans l'Indiana, me poussa à descendre dans les fondations de l'humide ruine noire. Mais tout dans le cellier avait été brisé ou emporté. Des débris de pots bleus et bruns décoraient le sol en terre battue.

Tandis que j'étais en train de fouiller, en quête de ce qui aurait pu être oublié, j'entendis des voix dans la cour. Glissant un coup d'œil à l'extérieur, je vis que c'était une troupe de rebelles, six gros bras. Je retournai en bas aussi discrètement que possible, mes talons faisant crisser le sol, et me tapis dans un coin pour attendre, le mousquet à la main. Mais ils ne descendirent pas au cellier. Ils étaient tous pieds nus, sans exception, et j'imagine qu'ils avaient déjà tenté leur chance sur les débris de pots. Tandis qu'ils s'en allaient, j'entendis l'un d'eux parler de se rafraîchir à un ruisseau. On pourrait croire que j'aurais déguerpi dès qu'ils furent partis pour aller boire de cette eau moi aussi mais tout ce que je fis, en fait, là en bas, dans ces fraîches ténèbres, fut d'inhaler l'odeur de brûlé en pensant à la menthe avant de me mettre à ronfler.

Quand je m'éveillai il faisait nuit. Je ressortis en escaladant les ruines et partis dans la direction que je croyais les avoir entendus prendre. J'avais un pic de glace à la place du bras et le front brûlant. L'espace d'un instant, je vis ma mère marchant à côté de moi et je lui demandai de s'en aller chercher Bartholomew pour moi, mais elle dit que Bartholomew préférait ne pas venir. Elle s'en alla et Bartholomew ne vint pas. Quand il ne vint pas je me mis dans l'idée que j'avais besoin de pleurer. Les larmes montèrent le long de leurs canaux mais sans pouvoir se frayer un chemin à travers les couches de crasse qui avaient durci sur mon visage.

Aux abords de la ferme se trouvait une clairière entourée de haies à l'abandon, avec une urne en son centre. Elle me parut belle dans le clair de lune et l'idée me vint qu'il me fallait y laisser quelque chose. Un symbole. Une dîme. Ce que l'on met dans le petit panier à l'église. En bon chrétien qui passe par là. J'arrachai une ou deux poignées d'herbe et les portai jusqu'à l'urne avec grand soin, comme si c'était un enfant que je tenais bien serré. Quand j'atteignis l'urne, en la regardant de près, je vis que d'autres avant moi avaient eu la même idée. Dedans, il y avait une cuillère, une assiette cassée et une casserole en étain qui avait servi de crachoir. J'ai déjà dit que je ne sais pas chanter mais je chantonnai pourtant, et fredonnai tout en laissant retomber l'herbe d'où elle venait, avant de m'en aller.

J'avançai alors dans un tunnel fait de murs croulant sous des masses de lourdes fougères. Je franchis un haut portail ne menant nulle part et encadré d'arbres rabougris, tordus et tourmentés. Je gravis une colline et aperçus une succession de petites crêtes s'élevant jusqu'aux nuages baignés de lune. Un noyer blanc avait perdu ses branches et l'idée me prit d'essayer d'y grimper. Je lui dis que s'il y avait eu une jeune fille perchée au sommet j'y aurais grimpé. Pendant un moment, je suivis une vieille route bordée d'arbres. Elle donnait l'impression d'avoir jadis conduit d'un bel endroit à un autre et que ces temps étaient révolus. Le sol était semé de morts. À les voir, on eût dit qu'ils s'étaient juste posés pour reprendre leur souffle. En griller une. Réfléchir un peu. L'un de ces hommes n'était pas un homme. Elle portait une casquette grise et avait les doigts crispés sur un pistolet à pierre qui avait dû servir pendant la Révolution. Ses bandages de poitrine s'étaient en partie desserrés et pendaient par un trou à sa chemise. On voyait du sang séché dessus. Elle était mieux bâtie, même avec ses rations de l'armée, que je ne l'avais jamais été, et je n'arrivais pas à comprendre comment elle avait pu se cacher. J'eus l'envie de m'asseoir pour voir si elle pouvait encore converser, si elle ne connaîtrait pas quelque secret autre que le travestissement pour me sortir de ce pétrin. Je m'accroupis donc devant elle, mais elle ne bougea pas d'un poil. De temps à autre, en poursuivant ma route, j'entendais le feu des canons, mais tout ce que je pouvais en dire c'est que c'était très loin, et je ne pouvais pas être sûre.

Je finis par me retrouver à descendre parmi des arbres couverts de lierre, et je découvris le ruisseau. Je bus, eus un haut-le-cœur, bus de nouveau et restai allongée sur le flanc, haletante. Alors j'ôtai mes haillons, desserrai mes bandages de poitrine et sortis le portrait de Bartholomew, qui dans le noir n'était qu'un morceau de métal dur, et le déposai à côté de moi sur la rive. "Il nous faut discuter de notre situation", dis-je au bout de métal, mais le métal n'avait pas l'intention de parler, pas plus que ma sœur-soldat morte. Il n'y avait que ma mère pour me parler. Que sur elle que je puisse compter. Cette pensée, une fois que je l'eus retournée dans ma tête, me fit rire aux éclats, et je restai assise à rire jusqu'à ce que les moustiques me trouvent, alors de nouveau je m'allongeai sur le flanc et, en roulant sur moi-même, j'entrai dans l'eau. J'eus alors l'idée que j'étais revenue à la vie et me mis à me frotter le corps avec des graviers et de l'herbe aquatiques. Je frottai et frottai encore, puis j'attirai mes haillons dans l'eau, les battant et les tordant pour en faire sortir la crasse. Tout cela se faisait lentement car je ne pouvais pas utiliser mon bras gauche. Au camp, il y avait des gars qui se servaient de bâtons pour se racler les extrémités s'ils n'arrivaient pas à dégoter de savon, et quand je m'aperçus que j'avais encore des traces sur les jambes, j'essayai cette méthode. Cela faisait trois semaines que je ne m'étais pas lavée, d'aucune façon. Ça ne me dérangeait pas le moins du monde de rire en m'activant. Non plus que de ne pas pouvoir cesser de frissonner alors même que je me sentais brûlante. Après avoir étalé mes vêtements je passai une ou trois heures accroupie à baragouiner sous les buissons avec des femmes assassinant des hommes tout autour de moi dans le noir, comme si j'étais devenue un genre de gars d'Akron. Après quoi je me levai et remontai la berge un moment jusqu'à un point où le ruisseau se faisait plus large et plus profond. La troupe de rebelles était là, tous aussi nus que moi.

"Gallant Ash, lancèrent-ils. On a entendu parler de toi et de tes exploits. Viens donc barboter avec nous."

Ainsi formulée, l'invitation ne pouvait se refuser. Il apparut que j'avais sauvé le vieil homme de Richmond d'une mort certaine en lui donnant cette feuille de papier, et comme les autres, il se débarrassa de son uniforme et entra dans l'eau avec nous. Je ne m'étais jamais sentie aussi heureuse depuis que j'étais partie à la guerre. Quelqu'un avait un violon. Et savait s'en servir. Nous nous prîmes par le bras dans l'eau fraîche, faisant la ronde en riant et batifolant. J'ignore ce qui fit tout basculer, mais la petite fête vira pour de bon, et je me retrouvai avec ma main valide à la gorge d'un rebelle. Tous les autres avaient disparu, le vieil homme de Richmond compris. Il n'y avait plus que moi et ce rebelle, que ma main et sa gorge. Je le tuai sur-le-champ, là, dans l'eau, et laissai son cadavre partir en flottant, puis je m'éclaboussai et retournai à mes vêtements. Ils étaient encore trempés alors je m'en drapai et m'endormis. Dans le rêve qui m'arriva ensuite, ma mère vint me trouver. C'était mon vieux rêve habituel, seulement cette fois j'avais mon mousquet. Autour de moi la foule en colère avait augmenté et allumé ses torches alors je restai allongée, la baïonnette serrée contre moi.

J'étais malade et loin du ruisseau quand j'ouvris les yeux. J'avais remis mes bandages et mes vêtements et trouvé le chemin d'un abri en ruine qui semblait avoir été construit pour des cochons. Des nuages étaient apparus dans la nuit et un trou dans le toit laissait passer les éclaboussures d'un fin crachin. Je m'étais considérablement fait piquer durant mon sommeil et m'étais gratté le visage jusqu'au sang. Je ne pouvais plus bouger du tout le bras gauche. Il avait enflé à l'intérieur de la manche de mon manteau. Je cherchai des doigts le portrait de Bartholomew sous mes bandages et sus aussitôt que je l'avais perdu, et quand je me redressai sur les genoux, mon estomac, qui ne contenait guère plus que de l'eau du ruisseau mêlée de boue, se vida complètement. Il me fallut un moment, ainsi à genoux, avant de pouvoir ouvrir les yeux et relever la tête. C'est alors que j'aperçus une ligne tout effilochée de nos blessés qui descendait une allée. Après les visions si intenses que m'avait valu la nuit précédente, je me frottai les yeux en secouant la tête, mais la ligne demeurait, indéniable. Je me levai, traversai le champ à toute allure pour prendre place parmi eux, haletante, à bout de souffle. Ce n'était pas la troupe la plus pitoyable que j'eusse jamais vue, mais pas loin. À plus d'un, il manquait des phalanges. Ils avaient des chemises et des caleçons enroulés autour de la tête. Un type avec près de deux pieds de barbe tenait serré contre son torse un oreiller déchiré et ensanglanté dont les plumes humides se répandaient sur le sol. Quand l'homme le plus proche se tourna vers moi, je montrai mon bras. Il se contenta de secouer la tête en ouvrant la bouche pour me montrer qu'on l'avait soulagé de sa langue.

L'hôpital se trouvait dans une école, au centre d'un village. Le village n'était plus que gravats et décombres, et la cour d'école avait l'air d'une île voguant sur une mer funeste. Où que l'on posât les yeux, ce n'étaient que blessés. Toute la douleur de ce monde et du monde d'après. Le principe consistait à nous présenter devant les médecins pour qu'ils nous examinent et décident qui avait besoin des secours les plus urgents. Ceux-là seraient immédiatement accueillis dans l'école. Les autres iraient s'asseoir dans la cour offrir au vent la sagesse tirée de leur mauvaise fortune. À notre approche, certains des hommes assis là depuis un moment se mirent à donner de la voix. Tandis que je passais devant lui, l'un d'eux souleva une couverture pour montrer un soldat mort. Les vêtements du défunt avaient brûlé sur lui et sa peau était toute boursouflée de bulles noires, jaunes et brunes. L'homme qui offrait le spectacle ne dit rien, nous laissant simplement regarder une minute avant de remettre la couverture en place. Un autre homme plus âgé avec la tête bandée et une chenille de bave lui dégoulinant du coin de la bouche dit qu'il espérait que nous aimions les scies. Qu'on eût une rage de dents ou la moitié d'un boulet dans le coffre, de toute façon ils allaient amputer. Ça en fit ricaner deux trois qui avaient déjà été soignés et restaient allongés à même la terre avec leurs moignons bandés.

Pendant ce temps, des cris s'élevaient de l'école. Nous nous approchâmes du flanc du bâtiment d'où l'on apercevait l'endroit où ils jetaient ce qu'ils coupaient directement par une fenêtre ouverte. Ça faisait une pile. Un vieux grand-père contrebandier en chargeait dans sa carriole. Mais comme tout ça glissait, il perdit une ou deux pièces tout en s'éloignant dans un grincement de roues. Là-bas, sur le champ de bataille, vers lequel il se dirigeait, les charognards se disputaient à qui pourrait s'envoler avec le plus gros morceau. En les regardant, l'idée me vint qu'il ne manquait à ces corbeaux et ces vautours que du whisky et des cigares. Peut-être même me le dis-je tout haut. En tout cas, quelqu'un lâcha un rire non loin. À l'avant, ils faisaient enlever leur veste aux gars, parfois leur pantalon et leur chemise. L'un d'eux, avec une méchante fente tout enflée le long du flanc, se tenait là debout aussi nu qu'au premier jour.

Je demandai à l'homme sans langue à côté de moi de garder ma place dans la file et je montrai du doigt les arbres au-delà de la cour qui entourait l'école. Il haussa les sourcils, regarda les vautours et hocha la tête. Un autre à côté de lui, dont je ne pus voir la blessure, dit qu'il aiderait à garder ma place, tout le jour s'il le fallait, sauf si bien sûr j'allais dans les arbres pour mourir. Je passai entre d'autres hommes blessés mais eux ne m'interpellèrent pas.

La toute première fois que je posai les yeux sur Bartholomew, c'était dans la cour d'une maison qui s'élevait jadis à un kilomètre et demi à l'est de ma ferme. Il était venu avec d'autres garçons pour voir si la maison était vraiment hantée, et moi, pour livrer un panier de maïs doux. La famille qui s'était installée dans la maison était irlandaise, allemande, italienne ou quelque chose comme ça mais pour les gens du coin, c'étaient des gitans. Le mari était très loin, sur la voie ferrée, et il n'y avait que la mère et ses deux bébés. J'avais eu l'occasion de les porter tous les deux. C'étaient de bons bébés, tout roses et bien gras. Je vis les garçons essayer de jeter un coup d'œil par une fenêtre alors je déposai mon panier pour les chasser. Bartholomew tint bon une minute avant de s'enfuir. J'avançai jusqu'à lui, il me sourit puis détala comme un lapin. La femme sortit me remercier juste à ce moment-là, sans quoi je serais restée à regarder courir Bartholomew. Il était pieds nus, avec un chapeau mou brun à grands bords sur la tête. On peut dire qu'il était la chose la plus étrange que j'aie jamais vue. Le lendemain il me retrouva pendant que je travaillais sur une rangée de seigle et il me tendit un zinnia rouge fraîchement cueilli. On ne m'avait jamais mis de fleur dans la main et je dus rester plantée là complètement muette. Après me l'avoir donnée, il s'inclina légèrement, un geste que je n'ai jamais pu lui faire refaire, et se remit à courir.

Courir, j'en étais bien incapable, quand j'eus quitté l'enceinte de l'hôpital-école et escaladé une palissade pour m'enfoncer dans les arbres. Mon bras semblait peser soixante livres et tendait la toile de ma chemise tout du long. J'avais la moitié de la tête brûlante, l'autre gelée. Le bas des jambes me piquait, comme si j'avais eu des orties dans mon pantalon. Incapable de courir comme j'étais, je pensais à Bartholomew en train de le faire tant d'années plus tôt, alors qu'il n'était qu'un gamin et moi une gamine. À notre mariage, trois ans jour pour jour après cette fleur qu'il m'avait mise dans la main, il y avait un panier de zinnias. De toutes les couleurs existantes, mais surtout d'un rouge profond, à vous griller le cœur.

On ne peut jamais savoir quand le monde déjà mort va vous revenir. Juste qu'il finira par revenir. Ma mère aimait bien me dire ça. Elle qui volontiers m'envoyait chez la voisine porter nos excédents de nourriture. Elle qui, une nuit, moins d'un mois après le geste de Bartholomew me tendant ce zinnia, traversa la foule qui s'était assemblée devant la maison de cette femme avec des fourches, des mousquets et des torches embrasées, pour se planter, bras croisés, sous la véranda. Elle était partie dans la nuit pendant mon sommeil mais je l'avais entendue sortir et l'avais suivie dans le noir. Quand je sortis du champ de maïs, je l'aperçus, se frayant un chemin dans la foule. Superbe, terrifiante. Telle une faux fendant l'herbe en été.

Je ruminais tout ça en avançant dans ce bois. Un bois du Sud, avec des fougères et des lianes. Plus profond et plus sombre que je n'avais cru d'abord en écartant le rideau d'arbres à l'orée. J'avais dans l'idée qu'ils enverraient peut-être quelqu'un après moi, et ne cessais de regarder par-dessus mon épaule, même si je me demande bien qui, de cette compagnie de malades et de médecins surmenés, aurait bien pu en être chargé. J'essayai d'envoyer des pensées fortes à mon bras. Je lui disais que, blessé ou pas, je préférais encore le laisser pendre là où il était.

Même s'il me fallut plus d'une fois m'arrêter pour me reposer, je parvins, au bout d'un moment, à franchir le bois. Le crépuscule était tombé. Je ressortis sur une route qui traversait une colline et menait à une ville. Sur cette route marchait un groupe de gens et, parmi eux, une infirmière. Aucun d'entre eux ne m'avait vue, donc je me reculai dans les arbres et quand ils eurent avancé un peu, de nouveau je sortis, mais derrière eux. L'infirmière portait une cape bleu foncé et une coiffe blanche couverte de crasse et de taches. Pas un, dans ce groupe, qui n'eût les mains sales. Les hommes avaient de la terre jusqu'aux coudes. J'imaginai que l'infirmière aussi. Ils marchaient vite. Je m'attendais qu'à tout instant l'un d'eux se retourne et me demande ce que je fichais là, aussi concoctai-je une histoire à raconter pour expliquer ce que je faisais là, seule sur la route, derrière eux, mais aucun ne se retourna. Nul ne parut même me remarquer quand j'entrai en ville, passai devant un cordonnier, une épicerie, et une écurie, pour les voir finalement se séparer devant l'endroit où vivait l'infirmière. Il y avait juste à côté de la boutique du cordonnier une impasse avec des caisses empilées au fond. Je m'y engouffrai, allai jusqu'au bout de l'impasse et me laissai tomber derrière les caisses. Je croyais que j'allais dormir mais ce ne fut pas le cas. Je restai allongée longtemps, les yeux ouverts, à regarder le ciel au-delà des murs, les étoiles au-delà du ciel, et au-delà des étoiles, ma mort là-bas, et l'ultime obscurité au-delà de ma mort. Puis je me hissai péniblement sur mes pieds et gagnai la maison de l'infirmière. C'était une chaumière avec un jardin qui aurait pu être joli s'il avait été entretenu. Il y avait sous la véranda une lampe allumée. Et un matelas usé jusqu'à la corde.

Elle s'appelait Neva Thatcher et elle avait d'épaisses boucles brunes, les yeux bleus, les pommettes hautes et des petits doigts fins qui aimaient à s'agiter en l'air. Elle pouvait aplatir une mouche avant que vous l'ayez vue atterrir, mais quand elle n'avait pas à être rapide, elle était lente. Pas une fois, de tout le temps que je passai avec elle, elle ne haussa le ton ni n'eut à passer une porte la première.

Née dans le Maine, elle était venue dans le Sud avec son mari avant la guerre. Lequel mari était parti dans les premières semaines suivant Fort Sumter pour combattre en tant qu'officier confédéré, et n'était jamais revenu. Elle avait une lettre de lui, dictée tandis qu'il agonisait, aveugle, à Bull Run, et dans laquelle il lui demandait de faire pour lui ses adieux au soleil, de transmettre ses amitiés sincères à l'herbe, et de saluer les beaux arbres ondulants. Quand l'Union avait pris sa ville, elle avait promptement mis de côté le poids de son ressentiment pour se mettre à travailler dans leur hôpital. Elle faisait tout ce qu'on lui demandait. Lessiver les planchers, laver les scies, jeter les membres coupés par la fenêtre. Plus d'une fois, elle se contentait de s'asseoir à côté des mourants et de leur tenir la main.

Elle savait bander les plaies et les tenir propres. Elle avait dès mon arrivée bandé et nettoyé la mienne. Elle m'avait laissée m'allonger dans son lit, tous rideaux fermés, et m'avait donné à manger du pain tendre et des pêches pochées, et avait fait tomber d'un torchon propre de l'eau goutte à goutte dans ma bouche. Quand elle avait compris ce que j'étais et m'avait vue sous sa véranda en train de mourir, et pas franchement en douceur, elle s'était contentée, sans dire un mot, de me prendre par le bras qui n'était pas enflé pour me conduire à l'intérieur.

Je restai trois semaines entre les murs de sa petite maison, et quand je commençai à être suffisamment en forme, elle me donna l'une de ses robes et m'aida à m'installer sur une chaise dans la cuisine, à côté de la fenêtre ouverte, pour me mettre un peu le nez à l'air. Elle avait de bonnes rations de sel et de sucre, de panse de porc, de biscuits et de pain frais parce qu'elle œuvrait à la cause commune. Elle partagea tout avec moi. Elle aimait lire. Avait tout un mur couvert de livres. Chaque jour, elle en emballait un ou deux dans un linge et les emportait à l'hôpital pour faire la lecture aux hommes. Elle leur lisait des histoires de cœurs et de fleurs, de pharaons, de cimes montagneuses et de ruisseaux à l'eau claire. Des histoires sur Jérusalem, avec leurs chariots, leurs trompettes, leurs fantômes et leurs agneaux. Je savais ce qu'elle leur lisait parce que le soir elle me faisait la lecture.

Tout épuisée et vidée que j'étais, il y avait dans l'affectation enjouée des images qu'elle faisait apparaître quelque chose qui me hérissait le poil. Il me semblait que le colonel non plus ne les aurait pas trouvées trop à son goût. Mais on ne pouvait pas en vouloir à Neva. On eût dit qu'elle n'avait pas besoin que ses histoires fissent vraiment sens. Une voix qui chuchote des douceurs à l'oreille. Elle était aussi harassée que chacun d'entre nous, et pour autant, chaque matin, comme tous ceux d'entre nous qui le pouvaient, elle se levait et faisait son travail. Elle ne montrait pas trop son sourire à la lumière du jour mais elle en avait un. Je le vis. Elle possédait un service en porcelaine de Chine, qui faisait sa joie et sa fierté. Elle en avait hérité d'une grand-tante, à l'époque, dans le Maine. Son motif de fleurs et d'animaux était presque différent sur chaque pièce. Neva disait que c'était le travail de plus de vingt artisans. Il y avait des colombes à l'air pénétrant, qui vous jetaient des coups d'œil furtifs depuis des massifs de roses indigo. Des chats jaunes endormis sous des cornouillers. Des chouettes perchées sur des pruniers. Des loups hurlant à côté de massifs de houx. Des vaches et des moutons mâchouillant des boutons-d'or dans un champ. Le service avait survécu au voyage vers le Sud et ensuite à la guerre. La théière, surtout, faisait la joie et la fierté de Neva. Il n'était pas bien difficile de la surprendre en train de l'épousseter, se pâmant devant ses nuances de rose qui semblaient venir de vraies roses, ses verts méticuleux comme surgis de vraies feuilles, les bleus profonds des plumes de ses nombreux oiseaux. C'était une théière en porcelaine de Limoges, selon elle. Sa grand-tante l'avait peinte elle-même et Neva l'astiqua quasiment tous les jours que je passai chez elle. Et chaque fois qu'elle s'acquittait de cette tâche, un sourire apparaissait sur son visage.

"Il a beau être fait de tant de motifs différents, ce service de porcelaine, c'est mon miracle de constance, me dit-elle un jour où je l'observais. Il y avait des soldats dans cette maison avant que je ne commence à travailler pour l'hôpital, tous prêts jusqu'au dernier à profaner ma porcelaine adorée. Le capitaine qui les accompagnait et leur a ordonné d'arrêter avant même que ça commence avait connu mon mari avant la guerre. Je lui ai servi le thé dans cette théière même."

N'empêche, plus d'une fois, après sa longue journée de travail, elle rentrait, se lavait les mains, s'occupait de mon bras, puis s'endormait aussitôt en pleurant. Elle avait eu des canaris, un cadeau spécial de son mari, dans une grande cage blanche, au salon, mais, porcelaine ou pas, à présent ses canaris comme son mari étaient bel et bien morts, et certaines fois elle ne supportait même pas le gazouillis d'un moineau.

Elle parlait d'amour et d'amour anéanti par la guerre. Cela ne la dérangeait pas de trahir la cause pour laquelle son mari avait combattu et péri, me dit-elle. Les États confédérés avaient fait sécession par entêtement, et la guerre était venue emporter son mari. Elle partirait au Nord quand tout serait fini. Elle prendrait sa porcelaine et retournerait dans ce village du Maine qu'elle avait quitté tant d'années plus tôt.

"S'ils m'acceptent, dit-elle.

— Pourquoi ne le feraient-ils pas ? dis-je.

— Cette guerre, fit-elle. Cette guerre, cette guerre."

Sur mon bras, les chairs se rejoignaient chaque jour davantage. Comme deux compagnies dépenaillées qui ignorent qu'elles se battent dans le même camp. Quand je vis que je pouvais de nouveau laisser confortablement reposer mon bras gauche sur la table, et me tenir de façon adéquate, je demandai à Neva du papier pour écrire. Ce soir-là, elle m'apporta une belle pile de feuilles toute neuve. Difficile de poser les yeux sur la surface de lin crème de ce papier flambant neuf acheté à l'un de nos revendeurs de l'Union spécialisé dans le matériel pour officiers, sans penser au vieux soldat de Richmond. Et, assise là devant ce papier, je pensai aussi, car comment ne pas y penser, à toutes mes batailles, à mes journées passées au camp, à ma marche à travers bois avec les gars d'Akron, à mes conversations avec le colonel, à la douceur de la main que son beau cousin avait posée sur mon visage, à l'épisode de ma capture sous cet arbre. J'écrivis à Bartholomew que j'avais quitté mon uniforme, perdu mon mousquet et son portrait – que j'avais laissé dans la boue près du ruisseau – et qu'à présent, de nouveau je portais une robe. Que j'avais les jambes plus libres, et un peu du reste de moi-même aussi. Que je m'étais blessée au bras au point d'avoir craint de le perdre, mais que c'était bien lui qui, en ce moment même, tenait appuyée sur la table la belle feuille de papier sur laquelle je lui écrivais. Que j'étais assise, en train de parler à une autre femme, écrivais-je, que c'était facile et que ça faisait du bien. Que je songeais à ma mère et n'en étais pas perturbée. "J'ai l'impression d'être assise en dehors de tout ça et de pouvoir respirer et regarder une minute sans m'étouffer avec la poussière que j'ai dans la bouche", écrivis-je. Je sais que j'écrivis cette lettre et qu'elle fut bien reçue. Je l'ai là, près de moi.

Quand j'eus fini d'écrire, Neva m'apporta une bougie et de la cire à cacheter, et le lendemain matin, emporta ma lettre avec elle. Elle l'envoya dans l'Indiana, par la première malle-poste boitillante. Le matin d'après, j'arrivai du jardin d'un pas mal assuré pour lui dire que mon bras ne serait plus contre la manche de ma robe, et je la trouvai dans la cuisine, vêtue de mes lambeaux d'uniforme.

"Fais-moi voir comme tu marches au pas, dit-elle.

— Je ne sais plus faire", dis-je.

Elle fit la moue une minute tandis qu'elle s'employait à couper des tranches de fromage et à faire de la chapelure. Puis, s'interrompant, elle vint à moi, d'abord lentement aux premiers pas, bien plus vite aux derniers, et, lentement, m'embrassa. Je la laissai faire un moment. Sa bouche, étonnamment, avait le goût du tilleul, et je me rendis compte que je ne me rappelais pas le goût de la bouche de Bartholomew. Il me vint à l'esprit que ma propre bouche devait avoir un peu le goût de la petite fleur de pensée tardive que je venais de mâchonner. Nous restâmes toutes deux, Neva et moi, les bras ballants, nos bouches seules pressées l'une contre l'autre. Il y avait un phalène dans la cuisine. Je le voyais du coin de mon œil gauche. Posé au-dessus de la porte du jardin, il attendait la nuit. Tandis que je faisais un petit mouvement de la tête pour mieux le voir, les yeux de Neva s'ouvrirent. Je lui posai alors la main sur le bras et la repoussai doucement pour qu'elle cesse. Ce qu'elle fit. Elle m'embrassa de nouveau le lendemain, bien tranquillement cette fois, et sans porter mon vieil uniforme, et de nouveau je la laissai faire, et de nouveau, au bout d'un moment, je la fis cesser.

Le jour d'après cette seconde fois, elle fit un ragoût d'huîtres et des beignets de maïs nappés de sirop d'érable et nous servit le tout sur son beau plat de porcelaine. C'était celui avec les singes grimpant à des cerisiers. J'avais vu un singe en cage une fois en ville. Ceux-là semblaient plus gros. Capables s'ils l'avaient voulu de massacrer ces arbres. On aurait dit qu'ils bougeaient pendant que nous mangions nos huîtres, bondissant un peu plus haut dans l'arbre dès que je levais ma fourchette mais chaque fois que j'essayais à nouveau de surprendre leur mouvement, ils retombaient. Quand nous eûmes fini de souper, Neva versa de l'eau chaude dans sa théière et nous fit une camomille qu'elle servit dans des tasses joliment décorées de lis dorés et de feuilles de laurier d'un sombre rouge sang. Elle me prit la main un moment, puis la lâcha. Nous basculâmes en arrière dans nos fauteuils et elle me demanda si je voulais écouter une histoire, et même si je craignais un peu qu'elle n'aille chercher l'un de ses beaux volumes, je dis que oui.

L'histoire qu'elle me conta, et qui ne venait pas d'un de ses livres, était celle d'un cousin parti vers l'ouest depuis le Maine en 1842 pour aider à accompagner une pauvre troupe d'argonautes jusqu'en Californie. Ils avaient pris la route de l'Ouest, en quête d'or enfoui sous le sol, gisant à même la terre ou au fond des mers. Pendant un moment, la moitié de la ville natale de Neva avait été saisie de la fièvre du colon, mais seul ce cousin était parti pour de bon, et pas pour l'or qu'il avait cru pouvoir trouver facilement, mais pour la coquette prime offerte pour le trajet. Il était parti seul, tôt un matin, et Neva debout avec les autres avait fait au revoir de la main en le regardant partir. Ils ne l'avaient plus vu des années durant.

Les argonautes, tel était le terme qu'il avait employé, même s'ils n'avaient rien d'explorateurs grecs, juste des hommes et des femmes résolus à gagner l'Ouest, s'étaient bien débrouillés pendant un moment, ainsi que le cousin l'avait raconté à son retour tant d'années plus tard, mais après, ce n'avait plus été le cas. Celui qui l'avait embauché était un jour parti à cheval avec d'autres à la recherche d'eau, et n'était jamais revenu. Il s'était retrouvé avec la femme du disparu et ses deux filles. Ils étaient partis de Springfield, dans l'Illinois, avec une centaine de chariots à la file, et peu à peu le nombre était descendu à soixante et un. La colonie s'était séparée après les Wasatch, et le cousin avait poursuivi avec la femme et ses filles au sein d'une compagnie sérieusement réduite.

Quand les Indiens arrivèrent, ce fut en nombre, et avec une telle rage que deux fois plus de mousquets n'auraient pas suffi à les contrer. Les deux filles firent partie des captifs. La femme, dit le cousin, n'attendit même pas l'aube pour partir à leur recherche. Elle avait juste attrapé un mousquet et s'était éloignée dans sa robe et son bonnet jaunes. La colonie, encore amoindrie et ne comptant plus que quatre ou cinq chariots, s'était rassemblée du mieux qu'elle pouvait pour continuer. Trois jours plus tard, au crépuscule, la femme était arrivée au camp avec ses deux filles et trois autres enfants à sa suite. Quand on l'avait questionnée, elle avait refusé de dire comment elle avait libéré les enfants, se contentant de déclarer que ce n'était pas la peine de partir chercher les autres parce que tous avaient été tués.

Les argonautes arrivèrent jusqu'en Californie, la femme et ses filles partirent vivre avec des parents à elles, et le cousin n'avait plus eu de leurs nouvelles, même s'il avait exprimé ses vœux que cette femme devînt aussi riche que l'était son courage. Quand Neva Thatcher eut fini son histoire, elle rabattit l'une de ses boucles brunes en arrière, but une gorgée de camomille, et me dit que si je voulais, elle renoncerait à son projet de rentrer dans le Maine, et que je pourrais rester vivre ici avec elle. Elle possédait un coin de terre dans la campagne que je pourrais cultiver si je voulais. C'étaient des basses-terres, onctueuses comme un ragoût de lapin. Je ne répondis rien, restai simplement assise à la regarder, sans pouvoir trouver aucun mot qui rimât non seulement avec l'histoire qu'elle m'avait racontée à propos de cette femme partie vers l'inconnu pour reprendre ce qu'on lui avait pris, mais avec ce qu'elle me demandait.

Durant ces semaines, mon univers s'était réduit à la taille de la petite maison de Neva Thatcher et à son petit jardin, et hormis la question des baisers, j'en étais venue à me sentir à l'aise dans ce monde, que je trouvais parfumé, voire douillet. Cependant, comme je le découvris un matin où nous sortîmes nous promener, la ville au-delà des clôtures de la maison s'était, durant ma convalescence, changée en cabinet d'aisance et les terres alentour en champ de remblai. Des chariots de l'armée de l'Union gisaient dans les champs, leurs essieux brisés, pareils aux ossements de créatures perdues jadis vivantes et beuglantes, et partout on voyait des munitions éparses, de différentes sortes, des brides rompues et des sacs à dos fendus ou déchirés. Un champ dévasté jusqu'aux racines s'étalait au bord de l'un des camps, et sur la colline voisine se trouvait une potence abandonnée. Nous croisâmes un ou deux crânes bruns, dont l'un avait un sabre de cavalerie brisé fiché dans l'œil. Je vis briller quelque chose au bord d'un étang plein de roseaux et en retirai un clairon plus tordu que nature. Nous passâmes devant un ancien comptoir de vente d'esclaves dont l'enseigne avait été démontée et la porte défoncée, embrasure comprise, sans doute pour faciliter, me dit

Neva, la sortie de tous ces fantômes qui continuaient de siffler par là-dedans.

"Je crois comprendre que vous êtes contre cette institution, lui dis-je alors.

— Ma chérie, il y a des tas de gens dans le coin, qu'ils soient nés ici ou venus d'ailleurs, qui ne l'ont jamais approuvée." À ces mots, elle lâcha un crachat et s'excusa quand il atterrit près de mon pied, tout en effleurant ma main de deux de ses doigts. "C'est là qu'ils les faisaient se mettre en rang, ajouta-t-elle, montrant du doigt un grand panneau en planches devant le comptoir. Une fois seulement des garçons et des filles, chacun portant un de ces masques, là. On voyait que presque tous, si jeunes, avaient été fouettés.

— Ils ont été vendus ?

— Ils se vendaient toujours. Mon mari, reprit-elle, quand nous eûmes tourné le dos à ces lieux, a combattu pour les Confédérés, mais pensait pareil."

Des soldats circulaient de-ci, de-là, seuls ou en compagnie, et certains d'entre eux nous hélèrent durant notre promenade. S'ils avaient de sombres pensées de soldats, en tout cas, ils les gardèrent pour eux, et la plupart nous présentèrent leurs hommages en appelant Neva Thatcher par son nom. Chaque jour, nous allions plus loin de la ville, laissant détritus et soldats à la traîne, et peu à peu, ce ne fut plus que la terre dépouillée et calcinée par la bataille. Je peins là un monde parti vers sa gloire pour ne jamais revenir, Dieu nous garde, mais, de minute en minute, pendant que mes poumons s'activaient lors de ces promenades, ma tête me semblait plus légère et mon esprit plus clair, et une sorte de vertige me gagnait à toute allure. Je lâchai un rire de joie quand Neva Thatcher me fit franchir une colline et me montra un coin des cent vingt acres de terre qui avaient appartenu à son mari et répéta que si je voulais, je pouvais rester les travailler après le départ des soldats. Toujours sans répondre, je ris de nouveau, m'essayant même à une ou deux gambades tandis que nous longions quelques sillons dévastés de ces cent vingt acres. L'espace d'un instant, une truie bien grasse qui ne s'était fait ni descendre ni passer à la casserole vint renifler le champ et je dis à Neva Thatcher que j'allais m'approcher pour voir si j'étais assez forte pour l'attraper.

"Autrefois, je pouvais soulever un porc qui faisait son poids, dis-je, en voyant dans ma tête ce premier porc que mon compagnon et moi avions abattu près de cet abri plein de chaînes dans le Kentucky.

— Reste ici, et sois mon amie et ma fermière", dit Neva Thatcher, me posant la main sur le bras, tandis que je revoyais ces images.

Mais la pensée du Kentucky et de ses porcs m'avait rendue silencieuse et je ne fus plus guère de bonne compagnie pour Neva dès lors jusqu'à notre retour de promenade. À la maison, autour d'un bol de soupe de maïs, je retrouvai un peu de gaieté et lui fis mes excuses, auxquelles Neva réagit en déclarant que je ne devais jamais, sauf en cas d'insultes majeures, dire que j'étais désolée. Nous allâmes nous promener après son travail tous les autres jours que je passai chez elle. Durant l'une de ces promenades, je remontai mes jupes et fis un essai pour voir si je savais toujours courir.

"Tu trottes à la perfection, je te l'accorde, me lança Neva Thatcher depuis l'autre extrémité de la bande que j'avais parcourue au sprint, mais maintenant regarde-moi ça."

146

J'ai vécu jusqu'à un bel âge depuis, mais jamais je n'ai vu quiconque, pas même Bartholomew au meilleur de sa forme, courir avec la force et la vitesse qui furent celles de Neva Thatcher en ce jour où elle remonta sa jupe et courut vers moi à travers cette étendue de terre.

Les jours passaient tranquillement sans se faire re-marquer, les baisers de Neva se faisaient plus fré-quents, dans la rue les soldats donnaient des signes d'un grand rassemblement à venir, et je sus qu'il était temps pour moi de partir.

"Ils m'auraient coupé le bras ; c'est toi qui m'as sauvée", lui dis-je lors de la dernière soirée passée dans sa maison. Il était tard et, comme chaque soir à présent, elle était venue m'embrasser.

"C'est de toi que ton cousin parlait, dis-je. C'est toi qui es partie vers l'inconnu pour sauver quelqu'un.

— Je ne suis jamais allée en Californie.

— L'histoire n'en est pas moins tienne, jusqu'au dernier mot.

— Et moi qui croyais que c'était la nôtre à nous tous.

— Nous tous ?

— Jusqu'au dernier.

— Je ne te suis pas.

— Tu vas mieux, n'est-ce pas ?

— C'est grâce à toi. Et je t'en remercie.

— C'est un discours d'adieux." Sa voix retomba. "Je ne m'y trompe jamais.

— Je voudrais rejoindre mon régiment.

— Ils doivent être bien loin maintenant, non ? Peut-être même à l'autre bout du monde ?

— Je crois que je peux les retrouver.

— Et pourquoi ne pas rentrer, tout simplement ? Retrouver ton homme de mari. Rentre chez toi si tu ne veux pas rester ici. Si tu ne veux pas rester avec moi, m'aimer un peu et travailler mes terres."

Je fis non de la tête, elle m'accorda son sourire et m'embrassa une dernière fois dans ce monde, et quand je m'éveillai quatre soldats de l'Union et un officier étaient debout à côté du lit. Neva était appuyée contre le cadre de la porte derrière eux. Elle ne dit rien quand ils me soulevèrent, leur tendit juste mon vieil uniforme, les regarda me faire tomber une robe en étoffe grossière sur les épaules, et les laissa faire tandis qu'ils me passaient les menottes en me donnant des coups de pied et me traitant d'espionne, pour m'emmener. Ce soir-là, elle vint me rendre visite dans la cellule de fortune qu'ils avaient installée à côté de l'écurie, dans l'abri à moutons et où ils m'avaient jetée.

"Si tu avais seulement dit que tu rentrais chez toi retrouver ton Bartholomew et pas que tu retournais à la guerre plutôt que de rester avec moi. Si tu avais seulement dit ça, je l'aurais supporté, dit-elle.

— Fais-moi sortir et je retourne à lui, dis-je. Ou alors je reste avec toi, qu'en dis-tu ? Tu leur dis de me faire sortir et je reste avec toi, on pourra faire la course et attraper des porcs tous les jours.

— Tu n'en as pas attrapé un seul, et on sait déjà qui gagnerait la course."

Elle m'avait apporté deux œufs durs qu'elle m'aida à écaler. Elle me regarda droit dans les yeux sans discontinuer le temps que je mangeais.

Puis elle s'en alla. Dans les heures profondes et obscures de cette nuit, je crus qu'elle était revenue, car en m'éveillant d'un somme qui ne m'avait pas emportée plus loin que l'arrière de mes propres paupières, je découvris une silhouette assise près de moi. Elle bougeait toutefois, à moins que ce ne fût la lune dont la lumière entrait par la fenêtre qui trouva le moyen de bouger, et je vis que ce n'était pas Neva. C'était une tout autre femme, que l'angle des rayons de lune avait pourvue d'un œil unique et doré.

"Comment êtes-vous entrée ?" demandai-je.

Elle ne répondit pas. Resta juste là sans bouger. Comme agenouillée. Les mains posées sur son giron. Les miennes étaient liées. Elle portait des pantalons et un manteau en drap fin. Sous l'œil que je n'arrivais pas à voir cligner s'incurvait la longue courbe de la joue.

"Je dormais", dis-je.

Pas de réponse. Peu à peu la lumière de la lune qui avait éclairé l'œil avait tourné et elle se tenait dans le noir.

"Ne t'approche pas !" dis-je.

Mais elle s'était avancée jusqu'à mon côté d'un mouvement plus rapide que je n'aimais, et après être restée là un moment à envoyer les petits nuages de sa respiration dans l'air froid, elle se pencha pour approcher sa tête de la mienne. Je voulus tourner la tête pour la regarder mais je m'aperçus que je ne le pouvais pas.

"Tu t'approches encore et je t'attaque, toute ligotée que je sois, lançai-je.

— Ferme les yeux", dit-elle.

Ce fut à mon tour de garder le silence. La voix était puissante mais pas elle. Elle n'était guère plus grande qu'un enfant.

"Pas question de fermer les yeux", dis-je enfin.

Elle me passa une main devant le visage en la soulevant jusque dans le clair de lune qui avait réussi à revenir dans le box. Il y avait un couteau dedans. Le couteau grimpa dans le clair de lune et retomba. Il fit ce trajet plusieurs fois. Quand elle le sortit de la lumière et plaça la lame contre mon front, je crus que l'air doré devant moi se mettrait à saigner, et quand elle appuya la lame plus fort contre mon front, je crus que dans cet épanchement de sang, nous allions nous noyer toutes deux.

"Ferme les yeux à présent, Ash Thompson, tueur d'hommes, ou je te coupe la langue pour la jeter aux poissons", dit-elle.

Je fermai les yeux.

"Dites à Neva que j'étais déjà désolée, dis-je.

— Qui est Neva ?"

Il y eut un bruit de pas et quelqu'un toussa dehors devant l'abri. Je sentis l'air s'ouvrir devant mon visage et se refermer comme si une balle le traversait. Je gardai les yeux clos longtemps. Quand je les ouvris de nouveau, même l'obscurité avait disparu.

Après cette nuit-là, ils me gardèrent deux jours dans ce box. J'essayai d'interroger mon garde sur la fille qui m'avait rendu visite mais il refusa de me répondre. Il ne dit rien non plus de la ligne rouge qu'il avait dû voir à mon front. Un de ces jours-là, dans un autre box, ils eurent une paire d'officiers confédérés, d'un genre ou d'un autre, qui passèrent leur temps à chanter des duos sur les belles dames du Sud et la générosité de la terre, mais à part ça, n'ouvrirent pas la bouche. Le dernier matin, mon garde et quatre ou cinq de ses amis vinrent s'accouder sur la porte du box pour me regarder. Puis ils me traînèrent jusqu'à leur camp pour me pendre.

La rumeur avait couru qu'une espionne était dans leurs rangs, une fille de joie venue de Chattanooga habillée en homme. L'espionne avait renseigné l'ennemi sur les mouvements de troupe et avait fait déchiqueter tous les hommes sur un secteur aussi grand qu'un champ de seigle. C'est un premier lieutenant qui me fit ce récit, tout en sortant de temps à autre son pistolet de son étui pour le pointer sur moi, allant jusqu'à l'armer, à une ou deux reprises. Je comptai deux bonnes dents dans sa bouche. Quelques autres officiers plus jeunes étaient présents, ainsi qu'un certain nombre d'hommes du rang tandis qu'il conversait de près avec moi.

Sans perdre mon sang-froid, je restai bien droite, autant que mes liens m'y autorisaient, et, regardant le lieutenant aux dents cassées droit dans les yeux, lui dis que j'avais eu d'autres entretiens plus à même de faire peur, et qu'il lui faudrait redoubler d'efforts si tel était son but. Je lui dis que je n'étais pas une espionne, que je venais de l'Indiana, un honnête pays de cultures, que la terre me venait de ma mère, que je n'étais jamais allée à Chattanooga, ne savais même pas où c'était. Je lui donnai la lettre de ma compagnie, le numéro de mon régiment. Je fis la liste des engagements et des batailles dans lesquels j'avais combattu. Je leur dis de parler au colonel, qui se porterait garant pour Gallant Ash. Cela les fit rire, ils dirent que Gallant Ash n'était qu'une histoire qu'un imbécile avait racontée à l'arrière pour passer le temps. Et la compagnie dont je parlais était faite d'hommes de l'Ohio, pas de filles de Chattanooga ni de l'Indiana ni d'où que ce soit d'où je prétendais venir. Ils riaient encore quand un major se fraya un chemin parmi la foule et vint demander une explication. Lui et le lieutenant se mirent à l'écart.

"N'y a-t-il personne ici qui se rappelle de moi ? demandai-je. Regardez : j'ai une cicatrice de sabre au bras gauche."

Autour de moi, aucun des hommes ne pipait mot, ni ne bougeait. Je devais être assez pitoyable, dans ma robe, à essayer de montrer ma cicatrice au milieu de tous ces hommes, parce que quand le major de nouveau s'approcha, il vint droit à moi et me prit doucement par le bras.

"Si c'est une espionne, elle sera jugée", dit-il. Les hommes qui avaient voulu du sang et en avaient été privés n'étaient guère satisfaits, mais quand le major parla de nouveau ils s'éloignèrent.

Il se montra très gentil pendant que nous marchions. Il était grand, d'apparence plaisante et avait la voix douce. Il me dit qu'il venait de New York, des bords du lac Érié. Il me dit qu'il écrirait au commandant de ma compagnie et s'excusa pour la conduite de ses hommes. Je lui dis que j'avais une petite idée de ce qu'étaient des hommes éprouvés et poussés à bout, que je m'étais plus d'une fois trouvée à leurs côtés, et que je ne pouvais pas plus les tenir responsables de la laideur de la guerre que moi ou que ceux que je considérais comme mes amis.

"Pourquoi vous êtes-vous appelée Gallant Ash ?" demanda-t-il.

Je lui expliquai en décrivant, assez longuement, mon ascension de l'arbre et les regards des hommes en bas. Pas sûr que je n'aie pas gloussé une ou deux fois, voire fredonné en battant la mesure. Hochant la tête, le major lâcha le bras qu'il avait tenu si délicatement. Dit qu'il avait entendu une chanson sur Gallant Ash et qu'il était ravi d'avoir fait la connaissance de celle qui l'avait inspirée. Tant il est vrai que la bonté prend bien des formes. Il m'appela mademoiselle, me remercia des services que j'avais rendus à l'Union, et me dit au revoir.

Mon Bartholomew n'apprit jamais à entrer dans un combat, ni à en sortir, mais il y avait une chose pour laquelle personne ne lui arrivait à la cheville, et c'était la danse. Humait-il seulement la survenue d'une chanson que déjà il traversait la pièce en sautillant et tapant du talon. En nos temps plus anciens, plus heureux, il chantait pour se mettre à danser, en l'absence d'autre musique. J'imagine que je n'étais pas la pire des danseuses, mais j'étais loin d'être douée pour ça. Dans une autre vie, Bartholomew aurait pu monter sur scène. Voilà qui aurait été une vie pour lui. Cette manière qu'avait sa voix de lui sortir de la gorge en bouillonnant, et que ses bras et ses jambes avaient de bouger. N'empêche, on n'a qu'une vie, et je ne l'ai jamais entendu en réclamer une autre. Sauf bien sûr quand on s'est rencontrés et qu'il a réclamé une vie avec moi dedans. Et ça, il a réclamé bien fort d'y entrer, dans cette vie. Quand il me faisait la cour, je veux dire. J'ai fait durer les choses un peu, mais il est arrivé à ses fins.

Il me disait : "Je n'ai rien à offrir que ma sueur et des zinnias."

Il me disait : "Mais je t'aimerai jusqu'au jour où je m'envolerai au ciel et saurai que tu t'es envolée aussi."

Il me disait : "Personne ne t'aimera jamais d'un amour aussi vrai que le bleu de ce soulier bleu." Et tout en parlant, il soulevait son soulier pour que je le voie. C'était bien un genre de bleu. De vert aussi. Comme s'il avait porté des oiseaux aux pieds. Et puis il avait dansé pour moi. Il avait ramené un vieux tonneau de whisky depuis la ville en le faisant rouler tout du long, l'avait installé dans la cour et m'avait gueulé de sortir de ma maison ; il avait bondi sur ce tonneau et s'était mis à danser comme un derviche dans un buisson de mûres, ou comme un singe pris d'une rage de dents, ou comme un rhinocéros qui a mal à la tête, ou ce genre de choses, puis il était redescendu d'un bond et quand il avait vu que j'avais recommencé à respirer, il m'avait dit ce que j'ai déjà dit, puis qu'il voulait m'épouser.

"Pourquoi ? avais-je demandé.

— Par amour, l'amour pur et simple", avait-il répondu.

Le jour de notre mariage, on dansa. Un petit groupe s'était réuni, ils applaudirent et nous acclamèrent, et quand le tout fut achevé nous allâmes tous deux au cimetière pour voir ma mère. Sa pierre était modeste mais je l'avais assez bien entretenue, et elle n'avait jamais manqué de fleurs. Nous y déposâmes des bleuets et des pois de senteur puis restâmes debout en silence un instant. Alors je dis à Bartholomew "C'est fait, maintenant.

— Quoi donc ?" fit-il.

Je ne savais pas exactement ce que j'avais voulu dire, mais je savais qu'une part de moi-même, délicate, espérait qu'une valse avec mon mari aux pieds agiles et ces fleurs déposées le jour de mon mariage m'aideraient à laisser filer un peu du passé. C'est ce que je croyais. Je le lui dis en rentrant chez nous, il garda le silence un moment puis annonça qu'il s'attendait à ce que ça ne soit pas si simple. Ce ne devait pas être la dernière fois qu'il aurait raison. Je continuai à penser à ma mère tous les jours exactement comme avant mon mariage, sauf qu'à présent, Bartholomew était là, que les bruits et les odeurs du passé ne brûlaient plus si fort, ne me faisaient plus me lever pour fendre l'air à coups de trique ou courir à la chasse plus souvent que nécessaire. Ils étaient toujours là pourtant, ces bruits, ces odeurs et ces visions, ils me travaillaient, me rongeaient la moelle tels des vers dans leurs tunnels, jusqu'à ce que d'autres vers viennent eux aussi se mettre à ronger et leur tenir compagnie. Au bout d'un moment, comme je l'ai raconté, je fis mon sac et partis à la guerre.

D'autres souvenirs à présent viennent rejoindre celui de ma mère se tenant debout sur les marches de la véranda chez la voisine, cette voisine partie il y a si longtemps avec ses bébés, celui de mon propre bébé, mort à côté de moi sur notre plancher en bois moins d'une heure après le début de sa vie, et d'autres bribes encore d'un passé qui refuse qu'on l'oublie. L'une de ces bribes est cet endroit où l'on m'a conduite après que le beau major, m'ayant saluée, s'en fut allé. Les hommes qu'il chargea de m'escorter me ramenèrent en ville et passèrent même devant la petite maison de Neva Thatcher, aussi crus-je, oubliant l'espace d'un instant que j'avais fini sur la grand-rue entre deux gardes et dans sa robe, qu'ils me ramenaient à elle. Elle pourrait me garder un moment, me dis-je. Elle pourrait m'embrasser matin midi et soir s'il le fallait. Et, quand elle en aurait assez, je pourrais lui dire que je retournais à mon Bartholomew.

Mais laissant derrière nous la petite maison, nous descendîmes la rue puis une autre, enfin ils me chargèrent dans un chariot qui m'emporta. Une autre ville. La nuit tombait quand nous arrivâmes et la haute bâtisse devant laquelle nous nous arrêtâmes avait l'air humide, et était munie de fenêtres à barreaux étroits à l'étage. Le bâtiment était fait de planches grises époussetées à coups de balles de mousquets, et même à la lueur des lampadaires, on voyait qu'une partie d'un mur avait été reconstruite à la suite d'une explosion. J'avais essayé de m'adresser aux gardes mais ils refusaient de parler, sauf entre eux, et c'est sans un mot qu'ils me firent descendre du chariot pour me confier à un nouveau garde, lequel ne me parla pas non plus. Il me fit emprunter un couloir au sol couvert de paille et d'autres choses qui crissaient sous les pas. Nous passâmes devant des portes d'où venaient des murmures et des gémissements, un cliquetis étouffé ou des bruits de chaîne qu'on traînait. Au bout du couloir se trouvait une porte dont on me fit franchir le seuil d'une poussée.

Quand je vis où on m'avait conduite, je ne me retournai pas pour marteler la porte en hurlant qu'on me laisse sortir, non plus que je n'avais braillé auparavant quand le lieutenant avait voulu m'enterrer, ni ne m'étais enfuie, pas même une fois, quand les tirs fusaient sur le champ de bataille. Il y avait des yeux dans ces lieux où ils m'avaient conduite. Comme si cette fille de l'abri à moutons avait de nouveau trouvé moyen de venir me tenir compagnie. Elles étaient toutes alignées le long des murs de la pièce. Toutes sans exception me regardaient.

"J'ai un peu perdu la tête dans les bois, mais c'était à cause de ma blessure", dis-je aux yeux à haute voix.

En guise de réponse, je n'entendis qu'un bruit venu d'un coin de la pièce. Comme des os qui craquent, en train de bouillir dans une marmite. *Toutes sans exception ont des couteaux*, me dis-je. Alors il y eut un rire et tous les yeux se fermèrent. Après m'être tenue une minute mains et dos plaqués contre la porte, le cœur battant à tout rompre, assez fort pour briser les planches derrière moi, je laissai mes jambes me faire descendre jusqu'au plancher.

C'était un asile de fous de l'ancien temps. Il était resté là nombre d'années à contenir ses horreurs soigneusement cachées jusqu'à ce qu'un boulet de canon égaré vienne lui ouvrir les flancs aux premiers jours de la guerre. Les gardiens s'étaient enfuis et les fous s'étaient déversés partout dans la campagne. Certains étaient arrivés jusque dans la bataille et n'étaient jamais revenus. L'un partit en quête du puits au fond duquel on l'avait jeté en Géorgie dans la première partie de son traitement, vingt ans plus tôt. Il n'alla pas plus loin qu'un étang aux abords de la ville. Deux des résidentes l'accompagnaient. Toutes folles qu'on prétendait qu'elles fussent, elles le tirèrent cinq fois de l'étang avant que la bataille ne s'apaise et des gens du coin n'eussent l'idée de l'assommer et de l'attacher à un arbre. Un incendie s'était déclaré dans la partie du bâtiment réservée aux hommes et certains de ceux qui étaient enchaînés avaient brûlé vifs.

Le feu avait fini par s'éteindre, le trou dans le mur avait été comblé, et une partie des fous avait été récupérée. Le bâtiment disposant de chaînes et de cadenas en quantité, l'Union prit l'habitude de s'en servir pour quiconque lui semblait avoir le percuteur qui branle. Le côté réservé aux hommes était plein à craquer de gars secoués par le combat. Ils en relâchèrent un certain nombre. D'autres pas. Dans ma pièce, se trouvaient deux dames qui avaient vu leurs enfants se faire déchiqueter sous leurs yeux et ne pouvaient cesser de se tordre les mains. Elles n'avaient pas de problème pour parler, c'est juste qu'elles ne cessaient de se tordre les mains. Il y avait une autre femme soupçonnée d'espionnage, de La Nouvelle-Orléans disait-on, qui ne pipait mot. Deux filles s'étaient fait boucler, d'après ce que je pus tirer d'elles, parce qu'elles étaient trop lourdes. Mais quand elles vous fonçaient dessus, c'était à toute vitesse, et elles n'étaient plus lourdes du tout. Les trois ou quatre autres étaient de vieilles clientes. La plupart du temps, elles portaient des chaînes. L'une d'elles aimait parler de l'homme de Gadara que Jésus avait guéri, si loin dans l'ancien temps. Des porcs qu'Il avait fait habiter par les démons de Gadara. De ces porcs qui s'étaient jetés de la falaise avoisinante. Des démons qui avaient dû trouver d'autres demeures. "D'autres demeures", elle aimait le dire avec un sourire à faire tourner du lait frais, un sourire en forme de patte d'araignée arrachée, et de lever alors ses bras enchaînés pour nous désigner toutes, dans la pièce et dehors. Une autre aimait grincer des quelques dents qui lui restaient. Qu'elle fût éveillée ou endormie, matin, midi, et à chaque seconde de la nuit. Pour ça, elle se faisait taper dessus comme il faut. Même moi je me mis en rogne une fois ou deux, quand, juste après que je fermais les yeux, elle nous faisait cadeau de sa musique.

Une fois par jour, l'une des anciennes gardiennes, une mastodonte, entrait avec du porridge pour nous. Elle apportait aussi des coups de pied et des coups de poing. Cette courtoisie ne me fut pas épargnée. Elle était toujours accompagnée d'un soldat, sans quoi j'aurais peut-être essayé de lui répondre. De temps à autre, un gars qui se disait médecin passait la tête par la porte. À peine avait-il jeté un coup d'œil qu'il retirait la tête. On était quelques-unes à lui gueuler après lors de ses visites, mais s'il nous entendit, il n'en montra jamais rien.

Parfois, le soir, ils venaient à plusieurs avec des seaux d'eau froide. On s'en prenait chacune un sur la tête. Après leur départ, c'était une longue nuit à frissonner sur le sol. Du côté des hommes, il se passait d'autres choses. Il y en avait plus d'un qui se mettait régulièrement à crier. D'abord on avait l'impression que tous les cris venaient d'un seul et même homme. Puis, en prêtant l'oreille, on se rendait compte qu'ils étaient plusieurs, et on commençait à les reconnaître individuellement. On peut crier aigu. Ou grave. Entre les cris, on peut faire un bruit qui ressemble à celui de la vapeur d'un sifflet de train. Un cri peut vous donner l'impression d'une balle de mousquet frôlant l'oreille. On peut crier comme un singe. Ou comme un chêne éléphantesque frappé par la foudre dans un bois silencieux. Il y avait un gars, à l'autre bout, qui criait comme s'il chantait. Comme s'il avait fallu l'engager pour la scène. Ses cris avaient une élégance sophistiquée, et je me pris à souhaiter qu'ils se concentrent sur lui avec leurs bâtons affûtés.

Une fois par semaine, l'une d'entre nous, un garde dans le dos, emportait le seau d'aisance. On m'y envoya plus souvent qu'à mon tour parce que je ne m'évanouissais pas ni n'essayais de mordre en le portant. Je continuais à avancer. Un pas après l'autre. Même quand un soldat essaya de me faire trébucher pour s'amuser, je ne m'arrêtai pas. Il avança son gros pied et je partis en avant mais me rattrapai, et le seau avec. Je réussis à ne pas lui en coller une pour sa bonne farce. Me contentai de sourire. Comme si je comprenais ce qui le faisait rire, comme si j'étais d'accord, même : la dame qui manque tomber avec son seau à merde. Qu'on portait jusqu'à une alcôve, pour le vider dans un bac qui se déversait dans un ruisseau à l'arrière de la cour. Quand il y avait peu de courant, la partie la plus lourde des excréments restait sur place.

Aller vider les seaux n'était pas la seule tâche qu'on me laissait accomplir. Une fois que je transportais un seau, je passai devant un soldat en train d'en raser un autre. Ils se tenaient dans la lumière froide du soleil et, sous l'effet d'une coupure, celui qui se faisait raser se mit à hurler.

"Déjà, tu ne tiens pas la lame comme il faut, dis-je au gars qui jouait au barbier.

— Putain, et il est censé la tenir comment ?" lança celui qui venait de se faire couper.

Je déposai mon seau, m'approchai et lui montrai comment s'y prendre.

"Tu pues comme un égout, petite sœur, fit celui à qui j'avais pris la lame.

— L'a pas tort, fit l'autre, mais vas-y, continue."

Je le rasai, puis son ami, et de ce jour, de temps à autre, on m'appela pour racler des mâchoires. C'étaient surtout des gardes, mais deux ou trois fois, il y eut un prisonnier dans le lot. Ceux-là, c'étaient des masses de barbe attachées à des lambeaux de chair, ruines d'épaules et tas d'os en vrac. Une fois que je les avais rasés il ne restait plus rien d'eux. On aurait aussi bien pu creuser la terre et les balancer dans le trou. Sauf qu'ils étaient contents. Souriaient, clignaient de l'œil. Faut croire que ces séances de rasage, c'était comme une récompense. Dispensée par les gardes pour bonne conduite. Peut-être à ceux qui ne criaient pas. Certains avaient été soldats mais ne supportaient plus le combat. Des gars qui s'étaient enfuis loin des balles ou qu'on avait retrouvés au camp sur leur paillasse qu'ils n'avaient jamais quittée. L'un des gars que je nettoyai avait le problème des mains qui se tordaient. Ça ne l'empêcha pas de sourire comme si c'était le matin de Noël quand je lui eus ôté le poil de la figure.

Mais pour les prisonniers, tout n'était pas que joyeuses séances de rasage dans la cour. Pour aller dans la cour et en revenir, on passait devant une chaise installée dans une cellule sans porte. Parfois un homme y était sanglé et parfois non. Une fois où je passais, un homme y était attaché. On ne voyait pas à quoi il ressemblait parce qu'on enfonçait un genre de chapeau sur les yeux de ceux qu'on faisait s'asseoir là. Le chapeau ressemblait à un seau d'aisance avec un rebord. Il ne portait pas de chemise et on lui voyait les côtes. Il avait le torse enfoncé d'un gamin longtemps souffreteux et, en travers de l'abdomen, une vilaine entaille qui n'avait pas bien cicatrisé. On l'avait bâillonné. Et on ne lui avait pas non plus mis de fleur à la main.

On pourrait croire que dans cet asile où on me garda tant de mois, jusqu'à ce que l'hiver soit bien avancé, j'aurais eu tout loisir de penser à la maison, à Bartholomew et à ce petit bébé qu'on n'avait eu que quelques minutes dans le froid, à ma mère gisant sous terre, pénétrée de honte jusqu'à l'os. Mais la vérité, c'est que je pensai bien davantage à Neva Thatcher et au colonel. Cet endroit et ses façons devaient m'avoir tourné la tête, parce que j'avais fini par faire d'eux l'image du bonheur conjugal, Neva Thatcher avec sa porcelaine et sa bouche au tilleul, le colonel avec ses longs poils sur les joues et ses cigares.

"Faites venir Neva Thatcher, disais-je au gardien, qui me calmait d'un grand coup de poing. Faites venir le colonel", hurlai-je au médecin quand il passait la tête par la porte. Ils ne m'amenèrent pas Neva Thatcher. Mais, par un matin de février où la neige tombait, mon colonel se présenta.

On me fit descendre dans une pièce qui semblait carrément faire partie d'un autre bâtiment. Au sol, il y avait un tapis jaune et vert avec des diamants et des chiens, et un papier peint violet à fines rayures rouges. Au centre d'une table se trouvait un vase plein de fleurs séchées, et autour, deux fauteuils rembourrés. Un bon feu crépitait à un bout de la pièce. Un soldat se tenait au garde-à-vous mais le colonel lui dit que ça irait et il sortit. Par une petite fenêtre, on voyait tomber la neige. Tandis que je regardais la neige, le colonel prit le vase de fleurs et le posa par terre.

"Gallant Ash, dit-il.

— Mon colonel", répondis-je.

Il suggéra que nous rapprochions nos fauteuils du feu. Je portais ma robe toute fine et sans doute avais-je laissé claquer mes dents en lui parlant. Une fois installés, il me dit que son régiment avait été mis en pièces et éparpillé. Une partie de ce qui en restait, lui y compris, avait été redéployée.

"Comment va votre cousin ? demandai-je.

— Il n'a plus besoin de soins.

— Je suis désolée.

— Merci."

Il n'avait plus l'air d'un grand homme grisonnant. Il avait l'air vieux. Comme si les premières années du grand âge avaient trouvé son visage et frappé un coup sans retour. Il avait de la boue sur les bottes, le nez qui coulait. Son manteau était déchiré, une longue fente sur le flanc.

"Je ne suis pas une espionne, dis-je.

— Il paraît que vous rasez les hommes ici, répondit-il.

— On vous a dit que je porte les excréments aussi ?

— Oui."

Nous nous regardâmes un peu.

"On me dit que je vais être fait général, reprit-il.

— Je n'ai trahi aucun secret. J'ai fait mon devoir.

— Vous savez ce que j'étais avant la guerre ?"

Je secouai la tête.

"Moi non plus. Je ne me rappelle pas. Ou, si je me le rappelle, c'est comme la vie d'un autre et je n'y crois pas. Dans cette vie, il y a une femme qui m'aime et que j'aime. J'imagine que si je ne me fais pas tuer, un jour, de nouveau, je me rappellerai.

— Je me rappelle ma maison. Je me rappelle chaque arpent de terre, chaque centimètre. J'ai un mari qui m'attend à la maison.

— Vraiment ? Je veux dire, il vous attend ?

— Et pourquoi non ?

— J'ai entendu dire que vous veniez du Sud. Je n'y crois pas. Pas même une seconde Secesh. Votre surprise est ailleurs. Vous vous rappelez quand nous avons parlé de surprises ?

— Je ne suis pas une espionne. Je voulais juste me battre, mon colonel. Juste partir un moment.

— Ce sont deux choses différentes.

— Non, une seule.

— Expliquez-moi en quoi.

— Je suis prête à obéir à n'importe quel ordre que vous me donnerez, mais pas à celui-là."

Il me regarda. Longtemps, d'un regard dur.

— Parce que vous refusez ou parce que vous ne pouvez pas ?

— Les deux.

— Bon, très bien. Restons-en là. Laissons l'épistémologie en paix. Retournons au sujet précédent, qui était ontologique. Vous me suivez ?

— Non.

— L'épistémologie concerne le savoir. L'ontologie, ce que nous sommes.

— Ou ne sommes pas.

— Pas une prostituée, on le sait, ni une espionne, on le sait aussi. Il ne reste plus que la folie comme motif. Ou du moins est-ce ce que le médecin d'ici m'a dit. Il dit que vous souffrez de ce mal antique. Vous avez été ravie par la lune. Pour galoper parmi les étoiles.

— Je ne suis nullement atteinte d'une telle maladie.

— Je cite le médecin qui vous suit.

— Je voulais juste me battre. Planter mon talon dans le sol, tenir bon et ne jamais m'enfuir.

— Mais vous avez volé de la nourriture, du tabac et divers médicaments du havresac de soldats actifs de la Fédération, privant ainsi des hommes au combat, et parfois blessés.

— J'étais un homme au combat. Blessé pour notre cause.

— Vous étiez un banal voleur.

— Je n'ai rien volé à personne.

— Alors c'était une rumeur maligne. Rien de plus. Bien entendu. Je le savais. Nous en avons déjà parlé."

À ce moment-là, le feu crépita et une bûche glissa. Le colonel tendit le bras, prit le tisonnier et retourna la braise. Quand il se pencha, je vis qu'il avait une longue cicatrice de la base du cou jusqu'à la joue.

"Vous vous êtes pris une égratignure.

— Rien de plus. Mais j'ai passé trente jours en permission. Cela m'a fait grand bien. Mon épouse est la meilleure femme au monde. Vous voyez, je me la rappelle à présent. Elle apparaît devant moi. Elle flotte dans les flammes de la cheminée. Il faut que vous fassiez sa connaissance un de ces jours.

— Je voudrais rentrer.

— Ça fait un bien fou d'être chez soi. Mon parent aurait aimé ça. Il aurait bien voulu être de nouveau enfermé chez lui bien en sécurité."

Je ne reconnus pas la façon dont le colonel me regardait. Il y avait quelque chose de différent en lui, comme si ses yeux avaient changé de couleur, passant du brun au bleu, ou comme si, ayant perdu un bras, il étudiait les moyens de se mettre à utiliser sa main gauche.

"J'aurais dû faire de vous un tireur d'élite, dit-il. Ça vous aurait peut-être fait oublier de voler.

— Le vol n'est pas ma principale transgression.

— Donc, vous reconnaissez avoir volé.

— Je voudrais rentrer. J'irais droit chez moi si on me laissait partir. Je voudrais écrire à mon mari. Il viendrait me chercher. Je sais qu'on relâche des gens d'ici pour qu'ils rentrent dans leur famille. Je n'ai jamais volé. Ni trahi."

Le colonel se leva et me mit la main sur l'épaule.

"Il faut que vous portiez plus de vêtements, Gallant Ash, et de meilleure qualité. Je veillerai à ce qu'on vous donne autre chose à mettre. Votre robe est trop fine. Ça ne suffit pas par ce froid. Il faut que vous vous changiez."

Je fis mine de me lever mais il me dit de rester assise à côté du feu quelques minutes de plus.

"Nous ne devons pas laisser cette guerre nous priver de tous nos réconforts", dit-il. Il se pencha, prit le vase et le remit sur la table. Je regardai son dos, puis en me tournant je vis qu'il avait laissé une lettre pour moi.

Elle commençait ainsi :

Ma très chère Constance,

Je t'écris à ton ancien nom car je commence à craindre que tu ne sois plus parmi nous, mais partie loin de cette terre, ses épreuves et ses soucis. Il me semble qu'en de telles tristes circonstances je dois t'écrire à toi, telle que tu es, et non telle que tu parais si cette lettre et les pensées qu'elle porte doivent avoir quelque chance de t'atteindre. Je vais bien, ma chérie, mais les ennuis que j'ai déjà décrits se poursuivent : à présent ils ont brûlé l'abri à grain et pris nos deux mules. Ils veulent notre terre et continuent leurs déprédations, les aggravant encore en disant préparer l'incontournable invasion par les forces rebelles. Des Sécessionnistes parmi nous. Si je ne l'avais entendu de leurs propres bouches, je n'y aurais accordé aucune foi. Mais je garde le vieux mousquet à portée de main et reste sur mes gardes, comme tu l'aurais fait, et, bien qu'ils soient forts, j'espère toujours reprendre le dessus. Et aussi, même si je ne pouvais triompher, m'en sortir autrement. Je prie pour que, où que tu sois, guerre ou pas guerre, cette lettre te parvienne, et reléguant derrière nous les soucis du passé, te ramène à moi.

Je retournai bien à mon Bartholomew, en effet. Le soir même, en rêve, je partis comme une flèche par-dessus le sommet des arbres, le long des rivières, à travers l'air frais des montagnes, filant comme un esprit vers le nord et l'ouest, par la neige et la tourmente, pour rentrer enfin dans l'éclat d'un soleil blanc. Je trouvai la maison détruite par les flammes, et Bartholomew enfui bien loin. À sa place, de vieux hommes sinistres affûtaient la lame de leur charrue dans l'intention de mettre nos bœufs solides sous le joug et, sur l'air de "Dixie", ce qui rendait la chose pire encore, de tout engloutir.

C'étaient les mêmes hommes qui avaient brûlé la maison de notre voisine des années plus tôt, aussi ma mère vint-elle dans mon rêve se placer au centre des vestiges en cendres de notre maison, qui avait été la sienne, et se mit à pleurer. Les larmes de ma mère durent se frayer un chemin hors du rêve et jusqu'à mon visage, car quand je m'éveillai elles étaient là. De lourds et chauds fantômes venus me hanter la face. Prise de furie, je lâchai un rugissement. Je me frappai la tête et la main contre la porte jusqu'à ce qu'elles soient en sang.

"Je dois rentrer chez moi, hurlai-je. Vous devez me laisser partir."

Ce fut la gardienne qui me répondit. Elle entra d'un coup, portant deux seaux avec de la glace flottant en surface. Février ou pas, elle me les renversa tous deux sur la tête. Une minute plus tard, elle m'attaquait à coups de pied, tandis que je gisais, haletante, en frissonnant, et je lui attrapai le pied, le tordis et la fis tomber. Autour de moi, les autres se mirent à rire en applaudissant quand je portai les poings au visage de la gardienne. Le garde s'en mêla et je ne l'épargnai pas.

"Je me battrai contre vous tous jusqu'à ce que vous me laissiez partir", dis-je. Autour de moi les dames hurlaient. L'une d'elles saisit le chapeau mou du garde et fit le tour de la cellule d'un pas martial. Quand la gardienne essaya de se lever je lui mis le pied sur le cou. Il fallut qu'un autre garde arrive en courant dans le couloir et me frappe à la nuque avec la crosse de son arme pour m'arrêter.

J'eus plus d'une occasion de rêver à chez nous durant les longues heures qui suivirent, quand je découvris en m'éveillant qu'on m'avait mise à la chaise. Je passai deux jours sur ses planches rugueuses avec le seau à bords sur la tête, et quand on me détacha, je saisis une bougie et frappai au visage le médecin qui était enfin venu me rendre visite, alors on me redonna trois jours. La fièvre me trouva durant cette seconde session. C'est à cette fièvre que j'attribue le fait que, bien qu'étant restée assise tout du long, j'avais l'impression de pouvoir me lever et sortir de moi pour suivre les couloirs de l'asile, franchir les portes et partir battre la campagne en flammes. En chemin, je vis des soldats cartes ou arme à la main ; je vis un canon trônant tout noir sur son armature d'acier ; je vis des mules et des chevaux qui n'avaient rien mangé depuis des jours hurler dans toutes les langues pour réclamer leur ration. L'une de ces fois, j'essayai de rentrer à la maison à pied mais les rivières se faisaient plus profondes et plus larges, la forêt plus sombre et plus dense. Alors je retournai au combat. Il avait enflammé le monde entier. Je cherchai partout une arme, mais sans succès. Les morts me parlaient durant ces marches. Avec des bouches qui flottaient en compagnie des mouches au-dessus de leur corps. Ils se traînaient jusqu'aux poutres des écuries, m'appelaient en hurlant depuis le sommet des arbres, se laissaient pendre par les genoux depuis les nuages. Dans un champ embrumé, une armée de chats était venue lécher les cadavres. Les chats marchaient debout en brandissant des bannières colorées. Quand je fus assez près, ils se tournèrent tous en même temps pour me regarder, et je m'enfuis. En courant, je réussis à me retrouver en plein combat. Les combattants avaient complètement mélangé leurs manteaux et, en plein chaos, n'arrivaient pas à comprendre contre qui tourner leurs armes. "Raconte-nous une histoire pour qu'on sache de quel côté tirer", disaient-ils. Ils me tendirent une fleur. Je la pris, me la mis entre les dents, puis montrai du doigt le clocher d'une église avoisinante.

Entre ces excursions, je retournais à la chaise et au seau à bords. Des aides venaient de temps à autre frapper le côté du seau ou me flanquer un bâton dans les côtes. Ils me donnaient des coups de pied aussi, et disaient en chuchotant qu'ils espéraient bien que je ne me réveillerais plus, qu'ils pourraient me balancer dans le champ d'à côté quand je serais liquidée. Ils l'avaient fait durant l'une de mes sorties du seau d'aisance. Sorti les carcasses noircies pour aller les empiler dans un champ. Je les avais aidés dans leur corvée. J'avais ri jusqu'à m'en faire tomber les dents. Je sentais la douleur partout en moi, la tâche ne semblant jamais devoir finir. Si bien que, après trois jours, quand mes gardiennes me détachèrent pour me tremper d'eau et me frictionner, j'avais mal sur chaque centimètre carré de mon corps et n'eus pas la force de lutter. J'en restai malade à crever pendant deux semaines. Une flaque de bras et jambes, des bribes de peau brûlante. J'espérais toujours sortir de nouveau, même si ce n'était que pour empiler des cadavres, mais pas moyen. On était en mars quand enfin je me retrouvai assise contre le mur de briques à bouffer les coups qu'on nous donnait en pâture.

Je n'aime pas trop penser aux jours qui suivirent. Quand la gardienne me tombait dessus, je rampais en pleurant. Quand le médecin montrait sa tête et me demandait mon nom, je lui disais un nom que j'avais entendu en rêve. Je lui dis que j'étais une fuyarde de Chattanooga. Que j'avais espionné pour les forces rebelles. Que j'avais transmis des secrets qui avaient causé la mort de dix mille hommes. Les deux femmes qui avaient jadis été lourdes virent le profit à tirer de cette époque et se mirent à me voler ma nourriture. Celles qui étaient contre le mur hurlaient en me voyant et agitaient leurs chaînes. Les femmes qui se tordaient les mains continuaient à regarder en secouant la tête.

Je me recroquevillai, rampai, frottai, gémis. La gardienne souriait en découvrant ses gencives et disait que c'était la chaise qui m'avait changée. Elle disait que parfois ça prenait un moment, mais que toutes finissaient par changer. Elle ne m'en voulait pas de mes poings et de mes pieds. Elle avait vu pire. Elle avait connu une fille qui croyait qu'elle avait des bras invisibles qui lui poussaient dans le cou ; elle lui était arrivée dessus avec une bouteille cassée et l'avait coupée trois fois. Cette fille avait passé un mois et deux jours sur la chaise et avait guéri, ne gardant plus la moindre trace de son mal. Elle n'en avait plus jamais parlé. Toutes les femmes enchaînées au mur avaient eu leur tour sur la chaise et s'étaient considérablement calmées. D'autres, dit-elle, regardant autour d'elle le reste de la cohorte, ne pouvaient pas même supporter d'essayer le traitement.

Après ce discours sur les vertus de la chaise, elle dit que je pourrais recommencer à porter les eaux usées et à raser si je continuais à m'améliorer. Je lui dis qu'elle avait raison, que la chaise était une invention formidable, que je me sentais mieux, que je promettais de bien me conduire. J'étais en train de lui dire ça quand je vis qui était le garde debout derrière elle. Je clignai des yeux et les frottai pour voir s'il allait disparaître, mais j'avais toujours devant moi celui des gars d'Akron qui n'était pas mort.

Il était de service deux semaines plus tard quand la gardienne me laissa recommencer à porter le seau d'aisance. Elle fit tout le chemin avec nous, à l'aller comme au retour, bien qu'elle eût pour habitude, une fois la course accomplie, de prendre son repas et de rester assise au calme dans sa loge. Je ne parlai pas au gars d'Akron et il ne me parla pas. Je l'avais observé pour voir si ses mois de combat avaient mis en lui un peu d'acier qui risquerait de jouer contre moi. J'avais cherché à voir s'il avait toujours la main tremblante et un tic nerveux à l'œil, qui sautillait comme un moineau. Quand l'une des femmes qui se tordaient les mains lui demanda s'il avait vu son fils chéri au combat, il ne répondit pas mais avala sa salive en détournant le regard, et quand, au cours de cette retraite, ses yeux croisèrent les miens, et eurent un sursaut comme si un soldat en jaune avait enfoncé sa pique en leur centre, je sus que je pouvais garder espoir. Je portai le seau jusqu'à l'alcôve, le gars d'Akron me suivit et me regarda décharger les excréments dans la tranchée. Je pris mon temps à vider le récipient, le déposant régulièrement, m'essuyant le front. C'était abominable, ce qui glissait dans le ruisseau, mais je m'attardai, donnant l'impression de ne pas pouvoir bouger trop vite, qu'il me fallait des minutes, pas des secondes, au cas où quelqu'un nous regarderait, avant d'arriver à jouer un tour ou deux à notre beau garde.

La semaine suivante, la gardienne retourna à son repas et son repos mais le gars d'Akron marchait derrière moi et je m'acquittai de mes devoirs d'évacuation exactement de la même façon. Je reçus de l'aide quant à la meilleure façon de procéder le lendemain, quand la gardienne vint nous voir. Elle était de mauvaise humeur, trébucha sur ma jambe et me gratifia d'une bonne tournée de coups bien sentis. Le gars d'Akron était debout derrière elle. Je ne dis pas un mot. Au bout d'un moment, il toussa, avala sa salive et dit que j'en avais eu assez, peut-être. La gardienne s'en prit à lui, sans cesser de donner des coups de pied, et lui demanda en quoi ça le concernait. J'étais une chatte sauvage, il me fallait mes coups de pied. Le gars d'Akron dit qu'il m'avait connue jadis. Cela fit glousser la gardienne, dont l'esprit coulait dans le sens du canal à ordures, elle me donna encore un bon coup de pied et dit que sûrement je devais être goûteuse. À ces mots, le gars d'Akron prit la teinte d'une pomme d'automne toute fraîche. Il rougit tant qu'il fit changer la couleur des murs et du plancher.

"Merci, lui dis-je la semaine suivante, quand nous sortîmes avec le seau.

— De rien, Gallant Ash.

— Tu as pris ma défense et je t'en sais gré.

— À une époque, je n'aurais pas eu à le faire. Tu n'as plus l'air aussi solide.

— Non, dis-je. Sans doute pas. Toi, par contre, tu as l'air d'avoir trouvé tes muscles."

La rougeur lui revint au visage. Aidée sans doute par la taille du mensonge. Il n'avait pas trouvé ses muscles. On eût dit qu'on l'avait relâché de prison la semaine passée. Pas un muscle sur lui.

La quatrième semaine, il n'était pas là et je craignis qu'on l'ait affecté ailleurs. J'étais malade à en vomir quand vint la cinquième semaine et il n'était toujours pas revenu. Ce fut un grand type qui me suivit jusqu'à l'alcôve, non sans me donner deux ou trois coups de mousquet. Il faisait un froid du diable ce jour-là, aussi je m'en sortis au bout d'une minute pénible où il se tint trop près, me soufflant sa respiration fétide dans le cou.

"On en reparlera de plus près la prochaine fois", dit-il.

La sixième semaine, toutefois, la gardienne me poussa dans la cour pour une séance de rasage pour la première fois depuis la chaise, et le gars d'Akron était là, appuyé contre un mur. Le ciel prodigue ses présents au compte-goutte. Ils étaient cinq ou six, mais pas le gars d'Akron, à attendre mes services, en bras de chemise, malgré le froid, et tandis que je rasais le premier, celui qui m'avait soufflé dessus la semaine précédente, il dit "Et ne va pas me couper la gorge", à quoi je répondis "Non, monsieur", et lui de conclure "Parce qu'on dit que t'es une féroce." Je les rasai tous, prenant mon temps, regardant de minute en minute le gars d'Akron appuyé, un peu avachi, contre le mur opposé.

"Et lui ? dis-je en ôtant mon chiffon du dernier.

— Lui ? fit mon homme à l'haleine fétide. C'est pas un rasage qu'il lui faut.

— Qu'il se fasse raser lui aussi, dit un autre.

— Il a l'air d'en avoir besoin, dis-je.

— Il y a beaucoup de choses dont il a besoin.

— Oui, mais il revient.

179

— Ça lui ferait du bien, de se faire raser.

— Ça t'a fait du bien, à toi ?

— Et comment."

Ils continuèrent ainsi un moment et d'un coup je trouvai le gars d'Akron assis devant moi. Il ne disait rien, semblait avoir honte. Je le mis sur le compte des taquineries.

"Ça fait un moment que je ne t'ai pas vu, dis-je

— Il a eu d'autres distractions", fit l'haleine fétide. Et tous d'éclater de rire.

Le gars d'Akron n'avait guère de barbe mais c'était déjà plus que ce qu'il avait quand on s'était fait raser ensemble il y avait si longtemps. Plus et bien assez. Je n'avais qu'un seul large chiffon brun à tremper dans le grand seau d'eau qui tiédissait, mais je le lui laissai sur le visage un bon moment. Quand je l'ôtai, je crus lui voir un genre de sourire aux lèvres.

Le lendemain, il revint à la garde du vidage de seau, encore plus pâle sans sa barbe que le jour précédent, et tandis que nous nous mettions en route vers l'alcôve, je m'enquis de sa santé. Il me dit qu'il était resté alité à cause d'une blessure qui ne guérissait pas et d'une migraine venue accompagner la blessure. La blessure était récente mais la migraine l'avait affecté depuis son plus jeune âge. Je lui témoignai ma sympathie, trouvai le moyen de lui toucher la main une demi-seconde, lui dis que j'étais désolée des taquineries qu'il avait essuyées, lui demandai si le rasage lui avait plu. De nouveau, il rougit, sa lèvre trembla, il regarda mes doigts et me dit que la semaine suivante, il s'attendait à être réaffecté sur le front de l'Ouest. Certains de ceux qui l'avaient taquiné, dont le gars à la mauvaise haleine, étaient déjà partis. Je lui dis que ça semblait loin, le front de l'Ouest.

180

"On peut pas imaginer plus loin, dit-il.

— On était à peu près aussi loin dans cette maison des bois, dis-je.

— Oui, ça doit être vrai.

— On peut pas aller plus loin du monde que les frontières sinistres de l'au-delà."

Il faisait froid même si le printemps était déjà bien entamé, et le gars d'Akron portait son manteau long. Il traînait un peu à l'arrière et son mousquet pendait mollement quand il marchait. Tout en lui parlant, je jetai de petits coups d'œil derrière moi pour le voir. Il avait un air rêveur. C'était un garçon qui aurait dû être en train d'arracher l'herbe quelque part dans un jardin, pas de monter la garde dans une prison pour fous.

"Comment va ce bon vieux colonel ? demandai-je.

— Il n'est plus colonel. Il a été fait général. Il se tient dans le grand campement là-bas.

— Ma foi. Le monde n'arrête pas de tourner.

— Il paraît qu'il se parle à lui-même. Je ne l'ai pas vu faire.

— Est-ce qu'on ne le fait pas tous ?

— Pas moi.

— Non, sans doute pas. Tu as l'air solide.

— Tu trouves ? J'y travaille. Si seulement tu pouvais le leur dire.

— Le dire à qui ?"

Il ne me répondit pas. Il eut juste l'air un peu plus perdu dans son grand manteau.

Je déposai le seau, ajustai ma prise, le soulevai de nouveau. La pluie faisait des éclaboussures brunes sur la terre autour de nous. Un chien dormait sous un appentis à bois vide et une paire de poulets, à moitié morts dans une cage en rameaux près du mur opposé, se dirigeait vers un bol de soupe. "Sacré tour que je leur ai joué, dans les bois, à ces Sécesh qui voulaient nous manger pour leur souper, pas vrai ?" dis-je, tandis que nous passions l'angle du bâtiment, et que, désormais à l'abri des regards, nous avancions vers la tranchée. Il y avait sur l'alcôve un genre de toit que la pluie semblait déterminée à abattre à force de le marteler.

"Ça, pour sûr, Gallant Ash.

— On ne m'appelle pas comme ça, ici."

Il ne répondit pas, se contenta de me regarder, la tête un peu penchée et la bouche entrouverte comme on la voit parfois sur les morts. Je sortis sous la pluie, vidai le seau en mimant un effort considérable, puis revins sous le toit et me tournai vers lui.

"Tu veux voir comment j'ai fait ? dis-je en baissant le ton. Me voir quitter mes vêtements ? On a du temps. Personne ne s'en apercevra. Tu veux voir ?"

Il était silencieux et avait pris de nouveau la couleur de la pomme d'automne, mais l'espace d'un instant, je crus m'être trompée sur son compte. L'espace d'un instant, je crus qu'il avait grandi, et atteint l'âge qu'indiquait cette barbe que j'avais rasée, et qu'il allait agiter ses bras maigrichons et brandir son arme. Je crus qu'il allait me tirer dessus, que je tomberais dans le trou à excréments où je resterais coincée, ou filerais dans le courant du ruisseau. Sans doute le plaisir que j'aurais dû éprouver à cette perspective mais que je n'éprouvai pas me fit-il revenir à moi et bouger.

"Je sais que tu ne savais pas, tout ce temps, ce que je cachais sous ma chemise. Tu sais pourquoi je me suis engagée ? Pour me retrouver près d'hommes, des hommes comme toi."

Il toussa, avala sa salive. Il secoua la tête et se mordit la lèvre. Il tapa du talon contre l'autre botte. Il ouvrit la bouche et essaya d'avaler. Mais il posa son mousquet contre le mur.

"Approche-toi, là, et tu vas apprendre tous les tours que tu veux."

J'avais gardé à la main le couvercle en bois du seau. Il sortit la langue au bord de la lèvre, s'approcha tout contre mon épaule. Je levai ma main libre, et fis courir un doigt sur sa joue lisse, puis d'un ample mouvement de l'autre, lui flanquai un grand coup.

"Tout ce qu'il y a à faire pour ce tour, lui dis-je en commençant à déboutonner son manteau, c'est changer de vêtements. Tu enlèves les tiens, et tu en mets d'autres. Essayons voir. Toi et moi. Pour voir ce que ça donne."

Ce fut donc lui qui porta la robe légère et marcha devant avec le seau vide sur le chemin du retour. J'avais mis la baïonnette à son fusil et m'étais gagné son attention d'une légère égratignure au flanc. Je lui avais dit qu'au moindre frisson sur le chemin de la cellule, je mettrais un terme à ses jours. Comme je l'avais fait pour ces bandits que nous avions laissés dans les bois.

"Je ne te voulais pas de mal, dit-il.

— Non, sûrement pas", fis-je.

Nous avancions. Nous passâmes devant deux trois soldats mais je ne les avais jamais vus, et aucun ne nous accorda le moindre regard. Je savais très bien marcher comme un homme, et le gars d'Akron, dans ma robe, avec ses boucles blondes, faisait une bien plus belle jeune fille que moi. La gardienne dans sa cellule somnolait dans son fauteuil après son porridge et son café, et ne leva pas la tête sur notre passage. Je fis entrer le gars d'Akron dans la cellule avec les femmes, lui mis un fer au pied, le forçai à me donner

tous les mots de passe qu'il connaissait, puis lui atta-
chai un chiffon sur la bouche. Même quand il agita
les bras dans ma direction et que je vis de nouveau
la mauvaise blessure au sommet de son bras gauche,
que j'avais déjà vue en le faisant se déshabiller dans
la cour, que je devais revoir dans mes rêves, et que je
vois aujourd'hui encore, je ne fléchis pas. Je tirai un
bon coup sur son bâillon pour qu'il soit bien serré
et le laissai là à attendre. Attendre que de nouveau
on le prive de ses devoirs de garde, qu'on le remette
à la chaise, que dans ses rêves à lui, on le fasse sortir
de corvée d'aisance, qu'il retourne aux quartiers des
hommes d'où on l'avait tiré une minute, et narre en
gémissant le récit de ses derniers malheurs.

"Dis-leur là-bas que Gallant Ash les salue", lui
chuchotai-je à l'oreille.

Ne me laisse pas ici comme ça, me répondirent ses
yeux.

L'une des filles lourdes qui ne l'était plus s'approcha de moi tandis que je me redressais après avoir
attaché son bâillon, et je m'arrogeai une minute pour
la payer, elle et son amie, de m'avoir volé ma nourriture. La gardienne, pour sa peine, se prit la crosse
du mousquet dans la tempe. Je n'avais rien mangé
depuis deux jours, aussi j'engloutis ce qu'elle avait
laissé de son porridge, bus son café et, avant de partir, m'assis une minute dans son fauteuil.

J'imagine que quiconque venant juste de sortir d'un tel endroit aurait taillé la route, en direction des collines, en courant de toutes ses forces, mais ce ne fut pas mon cas. Au contraire, je franchis lentement la porte principale, passai devant les gardes endormis postés de part et d'autre, leur décochai à chacun un large sourire, reçus une paire de sourires en retour, me mis le Springfield à l'épaule et pris la route, quittant la ville où se trouvait l'asile pour revenir dans celle où Neva Thatcher avait sa petite maison bien tranquille. En chemin, je croisai plus d'un soldat aux pieds meurtris. Ils hochaient seulement la tête, ou me demandaient des nouvelles, mais je répondais en secouant la tête que je n'en avais pas. Un gars qui parlait plus fort que les autres mentionna en criant le Wilderness Fight, cette bataille terrible au cours de laquelle tant de nos gars étaient morts brûlés, et pas de leurs blessures. Il y avait un détachement d'hommes sur le pont menant à la ville de Neva Thatcher, qui trouvèrent à leur goût le mot de passe que je leur donnai et me laissèrent entrer. Une bataille faisait rage non loin, et je traversai la ville avec un convoi de munitions tiré par des mules fatiguées aux sabots fendus.

La bataille en cours avait l'air de se dérouler en un lieu pittoresque et de ne pas inclure le spectacle de gars en flammes, car un groupe de gens du monde, fort bien vêtus et équipés de jumelles, s'apprêtait à s'y rendre à cheval pour examiner l'action de plus près. Le plus vieux de la troupe me fit un petit signe de tête fort élégant quand je les dépassai, comme s'il s'attendait à me voir combattre plus tard dans la journée. Je lui retournai son signe, puis fendis un convoi de mules pour traverser la rue. Un peu plus tard, je la traversai de nouveau, remontai le chemin et pris par l'arrière pour entrer dans la maison de Neva Thatcher.

À l'intérieur, on entendait la bataille autant que dehors, sauf qu'il faisait bon et que tout était bien tenu. Il régnait là une sorte de calme à l'ancienne, tout de brumes et de pénombre poussiéreuse. La tasse de Neva Thatcher séchait sur le buffet, et un tas de pommes était prêt à l'aider à tenir la semaine. Elle avait du porc salé et des biscuits rangés à côté d'un morceau de lard dans le placard. Une jarre en grès pleine d'eau fraîche tirée de son puits. Dans la pièce d'à côté, je trouvai ses sous-vêtements et ses robes pliés avec soin. Je choisis une robe verte et une paire de souliers solides qui n'auraient pas pu m'aller mieux, et j'en fis un baluchon avec la nourriture que j'avais réquisitionnée dans la cuisine. Alors je passai au salon.

Le service en porcelaine avait été récemment épousseté, et ses fleurs et ses animaux dormaient paisiblement. Quelques rayons du soleil de l'après-midi s'étaient introduits par les stores pour les mordiller. Des particules de poussière voguaient dans la lumière. Je levai une main et les fis tourbillonner. Je pris la théière de la grand-tante de Neva par l'anse, la portai sur la table à dîner, la soulevai, et commençai à l'abaisser. Pendant toute ma marche, j'avais eu en tête de briser sa porcelaine et d'en étaler les morceaux sur le plancher, mais le bel objet en main, je m'en trouvai incapable, alors je le portai dans sa chambre et le déposai sur son oreiller. Là où elle faisait reposer sa tête à l'odeur de tilleul pour rêver ses rêves de tilleul. Elle aidait les blessés, accompagnait les malades. Elle m'avait aidée. Puis avait cessé. Ça y est. Je le sentais. Ça revenait. Je savais où elle avait un maillet, j'allai le chercher, revins à la chambre et martelai la théière de l'héritage sur son oreiller jusqu'à ce que la poudre s'en élève dans les airs. Quand ce fut fait, je m'attardai un instant devant le reste du service. Pris l'une des assiettes à singes. Réfléchis de nouveau. Mais finalement je reposai l'assiette, lâchai le maillet, et quittai la maison de Neva Thatcher.

Je gagnai ensuite le camp aux abords de la ville. Les troupes de garde avaient été dispersées, aussi entrai-je droit dans le camp que je traversai, avançant de quelques centaines de mètres encore sur une route de rondins jusqu'aux lignes à l'arrière. Certaines des mules à côté desquelles j'avais marché un peu plus tôt arrivaient à peine, d'un pas traînant. Je passai devant un groupe de cuisiniers qui jouaient au poker avec un second lieutenant à l'ombre d'un pommier. Les hommes de réserve attendant de voir s'ils auraient leur tour sur les lignes de front ce jour-là somnolaient au soleil. J'avais toujours mon manteau et, un ou deux hommes m'ayant regardée d'un peu trop près à mon goût, je l'ôtai. Un major de haute taille portant un chapeau tuyau de poêle, qui m'avait paru l'espace d'un instant ressembler à Abraham Lincoln, était en train d'insulter sa monture. Déjà les blessés arrivaient à travers les arbres. Je vis un gars qui rampait, un flot

de sang lui coulant du coin de la bouche. À chaque
mètre, il toussait, et la nappe de sang s'étalait. Des
larmes roulaient sur ses joues desséchées. Il ne cessait
de regarder alentour, réclamant de l'eau. Il rampait
vers une tombe qui pouvait s'ouvrir à tout instant.
Lassée par ce spectacle, je gravis la colline où j'avais
aperçu le drapeau du commandant.

*Mon colonel, à présent général, avait fait installer
son bureau devant une tente de jour. Il avait abandonné le début d'une lettre à destination de Yellow
Springs, Ohio, pour aller faire son devoir. Je pris le
début de lettre et la reposai. Il n'avait eu que le temps
d'écrire* Ma chérie. *De toutes parts, pas une âme qui
ne fût occupée à quelque affaire, et nul ne m'adressa la
parole. Au pied de la colline, les rebelles chargeaient.
On fit installer des canons sur les parties élevées du terrain, qui, à en juger par les cris qui suivirent, furent
réduites en poussière par l'explosion déclenchée. Je plaçai le manteau sur le fauteuil du général et déchirai
le bas de sa feuille de papier. Je pris sa plume et écrivis* Je me suis trouvé quelque chose de plus chaud
à porter *sur une ligne, et sur la suivante,* exactement
comme vous m'aviez dit de le faire, *puis je plaçai la
feuille sur le manteau. Après quoi je déposai le mousquet que j'avais emprunté, m'éloignai de la bataille et
du camp, trouvai des buissons et me changeai.*

TROIS

Cet après-midi-là je dormis jusqu'au crépuscule dans une grotte, au creux d'un noyer blanc qu'on avait évidé pour fumer de la viande. Dans les fentes et les crevasses du bois restaient pris des lambeaux de viande que mes doigts trouvèrent, palpèrent et portèrent à ma bouche. Je m'éveillai au lever de la lune, claquant des dents à en briser le couvercle d'un cercueil, et je me mis en route au petit trot, pour essayer de me réchauffer. J'étais loin d'avoir regagné la route quand je tombai sur un autre voyageur, une fille de couleur que je sus tout de suite avoir déjà vue, même s'il me fallut une minute pour retrouver où. Elle était plus grande que moi, et plus large d'épaules. Elle marchait comme si elle n'était pas revenue à la robe. Peut-être avait-elle toujours marché ainsi. Visiblement. Le travail des champs. Un panier de cent livres sur le dos. Ça me revint. La dernière fois que je l'avais vue, elle sortait du camp au pas, vêtue des culottes de contrebande.

"Tu peux sortir des buissons", lui dis-je, car elle avait disparu d'un coup dès que je m'étais trouvée face à elle. Je répétai la phrase plusieurs fois. Ajoutant que je n'allais pas donner l'alerte, prévenir le garde avec les chiens ni rien. Que je savais qu'elle se cachait dans les buissons à même pas un jet de pomme, et qu'elle ne devait plus avoir peur et sortir. Ou que si elle avait toujours peur, elle devait sortir quand même. J'allais vers le nord, dis-je, et si elle voulait, on pourrait être deux voyageurs ensemble sur la route au lieu de deux voyageurs séparés. Je disais tout ça, avec l'impression de faire un beau discours, là, dehors dans la nuit, mais ce fut seulement quand je lui dis que je savais qu'elle avait été homme et que je l'avais été moi aussi qu'elle sortit des buissons. Elle était encore plus grande à côté de moi qu'elle ne l'avait semblé en ce jour où elle se hâtait le long de la route crayeuse. Nous restâmes un moment sans bouger ni rien dire, puis progressivement, en quelque sorte, nous reprîmes notre marche. Elle portait de lourdes jupes et un châle. Elle avait un baluchon dans une main et un bâton de l'autre.

"Tu as mangé ?" demandai-je.

Elle secoua la tête, aussi lui tendis-je un biscuit. Il me fallut le lui tendre un bon moment, tout en marchant, avant qu'elle ne le prenne. Il fallut plus de temps encore, et passer un étang gelé et traverser un bosquet d'arbres brûlés levant dans le noir leurs branches de pauvres hères, avant qu'elle se décide à le porter à sa bouche et à le croquer.

"Quel régiment ?" demanda-t-elle.

Je le lui dis et quand elle déclara qu'elle avait un moment joué du fusil au service du 5e US de couleur, je lui demandai pourquoi elle avait arrêté.

"Et toi, pourquoi as-tu arrêté ?" dit-elle.

Une quinte de toux s'étant substituée au rire qui m'avait tout d'abord secouée à la pensée du temps qu'il me faudrait pour répondre, nous en restâmes là.

Après une minute et une autre bouchée de biscuit ramolli, elle dit "Juste après Sharpsburg, c'est là que je t'ai vue", et quand je déclarai que c'était exact, quelque chose qui ressemblait un peu à un sourire éclaira ses yeux mais pas pour très longtemps.

"Je t'ai prise pour un fantôme qui avançait sur la route là-bas, dit-elle.

— Je ne suis pas un fantôme, dis-je. Je ne crois pas être un fantôme.

— Le fantôme de mon ancienne maîtresse arrivant sur la route pour m'attraper. Je l'ai laissée morte après une infection au doigt, là-bas, en Caroline du Sud. Sans arrêt, pendant la bataille, elle m'apparaissait, ce doigt tendu vers moi."

Je lui montrai mes propres doigts. Elle hocha la tête. Elle frissonna aussi un peu, et on voyait très bien que ce n'était pas un frisson de froid.

"Moi, j'ai vu un fantôme, dis-je. Enfin, je crois."

Elle hocha la tête avec une espèce de moue.

"Mon fantôme avait un couteau.

— Les fantômes n'ont pas besoin de couteau.

— Le mien, si."

Elle détourna le regard de côté, secoua la tête.

"Tu dois aller au nord et quitter le pays, lui dis-je. On pourrait s'aider, partager la route.

— Partager la route", fit-elle. Si elle avait été un puits, on aurait pu lui lâcher une pierre dans le gosier sans entendre aucun écho.

Nous continuâmes à marcher, elle restant à bonne distance en avant ou en arrière, et après un bon nombre de mètres ainsi parcourus, je me mis à parler. Sans doute que j'avais idée de nous réconforter un peu pendant notre route, après notre conversation sur les fantômes, peut-être de tirer d'elle une ou deux histoires, de l'entendre parler de ses jours de combat, d'avancer au pas comme deux bons hommes soldats, même si nous portions des robes, mais les histoires que je racontais étaient aussi tordues que des plumes de dindon mouillées, et elle se contentait d'inspirer et d'expirer en regardant de part et d'autre de la route. Parce que nous nous étions trouvées dans le coin toutes deux, à cette lointaine et hideuse époque, je parlai de Sharpsburg, et de ce lieutenant dépourvu de toute égratignure qui, après avoir fait de son mieux pour épargner ses hommes au combat, avait fini par appuyer sa tête contre un canon brûlant pour s'amputer lui-même d'une oreille. Cette histoire qui m'avait naguère paru amusante ne l'était plus du tout à présent, sur cette route éclairée par le clair de lune, de sorte que j'essayai quelque chose d'apparemment plus festif avec l'épisode de ce Confédéré si affamé qu'il avait essayé de jouer à l'ours en récoltant du miel frais et était mort des suites de ses piqûres. Quand nous l'avons découvert, lui racontai-je, il était tellement enflé qu'il aurait pu descendre une colline en roulant comme un ballon. Une vieille dame assise à côté de lui, une pipe d'épi de maïs au bec, prétendait qu'elle avait quelque chose à revendiquer du garçon piqué par les abeilles, mais je ne sais pas quoi car personne ne le lui a demandé. On l'a laissée assise là, jambes écartées, à attendre que le gars dégonfle. Il avait quelque chose à elle dans ses poches, a-t-elle dit tandis que nous nous éloignions, mais les boursouflures l'avaient tellement engoncé dans ses vêtements qu'elle ne pouvait pas glisser la main dedans. Je riais tout en racontant cette histoire mais ma compagne d'errance n'eut pas l'air de la trouver à son goût.

"Mais bon sang, quelle idée de raconter une histoire pareille ? demanda-t-elle.

— T'as déjà fait semblant d'avoir besoin qu'on te rase ?

— Qu'on me rase ?"

En pensant au rasage, je me mis à penser à Bartholomew et je parlai à ma compagne de la barbe qui ne lui avait jamais trop bien poussé sur le visage, même si, lui dis-je, peut-être que durant les nombreux mois qui avaient passé au galop, il avait appris le truc pour faire pousser la barbe. Je lui parlai des petites mains de Bartholomew, dis qu'il était plus opérationnel en cuisine, avec ses petites mains, que moi avec les miennes. Je lui dis qu'il avait une bouteille d'eau de Cologne française dont il aimait arroser un mouchoir avant de sortir pour aller travailler le matin. Il me manquait terriblement, lui dis-je, et toujours davantage. Je rentrais chez nous le rejoindre, pour refaire connaissance avec lui après cette dure séparation et pour rétablir la situation dans notre ferme et régler quelques comptes.

"Quel genre de comptes ?" demanda-t-elle.

Quand elle prononça cette phrase, il me sembla déceler une touche d'un intérêt nouveau dans sa voix, et je me serais précipitée pour répondre si nous n'avions toutes deux à cet instant même entendu derrière nous un bruit de sabots de cheval qui nous fit quitter la route prestement et sans bruit.

"Ils m'ont bouclée, dis-je en chuchotant tandis que nous attendions, accroupies dans les buissons couverts de givre. Il y avait une chaise et ils m'ont mise dessus. Avec un seau sur la tête. La robe que je porte, je l'ai empruntée. Ce n'est pas impossible qu'on me poursuive. Et toi, tu as quelqu'un en particulier qui te cherche ?" Elle ne répondit pas, se contenta de me regarder longuement, et, tout aussi longuement, de regarder la route remplie de chevaux puis vide de nouveau. J'ignore pourquoi j'ai cette image imprimée dans la tête, d'une route déserte, sans nous ni quoi que ce soit d'autre, avec seulement la lune qui la change en ruban blanc.

"Bon, alors tu veux que je te parle de ces comptes à régler ? J'en ai de toutes sortes, dis-je au bout d'un moment.

— Nous, on tuait les chiens, dit-elle.

— Les chiens ?

— Tous, sans exception, dans les derniers jours. Y a un de ces chiens traqueurs, je l'ai massacré à coups de baratte."

Je pris une minute pour songer à ce qu'elle avait dit. Il me revint que j'avais entendu des histoires de chiens qui s'étaient fait couper la gorge dans les grandes propriétés, de chiens tués de la façon qu'elle avait dite et ne risquaient plus de s'enfuir pour aller chasser.

"On devrait y aller, maintenant, la route est dégagée", dis-je.

De nouveau, elle ne répondit pas, mais ses épaules avaient légèrement remué, et soudain, tandis que nous étions accroupies dans le noir, le spectacle de sa carrure ne me plut pas du tout. J'essayai de me mettre debout mais l'instant d'après, je me retrouvai un genou sur le torse, et son bâton en travers de la gorge.

"Je vais te dire, moi", fit-elle.

En me débattant, je parvins à me redresser à moitié, mais de nouveau elle me plaqua au sol et appuya plus fort du genou et du bâton. Parfois, quelque chose en moi aime à penser que si je n'avais pas été tout juste sortie des seaux d'aisance et des bains glacés, j'aurais pu la combattre, mais une autre partie de moi-même pense que c'était absolument impossible.

"Tu veux partager la route, qu'on prenne le chemin du nord ensemble, on s'est toutes les deux battues en bleu, contre les gris, eh bien je vais te dire, fit-elle.

Je vais te dire. C'est l'hiver. Un jour de janvier. Tu sens le froid du sol ici, eh bien c'est que le petit frère du froid de ce jour que j'évoque. La pluie tombe, dense, comme les cordes du drapier. Y a des mares et des ornières dans la cour de la ferme. Le seul coq dont tu n'as pas tordu le cou n'a pas encore chanté le lever de l'aube. Donc il fait plus noir que le noir d'ici. Il fait un froid mortel, et tu as des petits sur leurs paillasses, et ta vieille mère qui rêve encore dans son fauteuil. Ta vieille mère qui n'a jamais fait que travailler et recevoir le fouet chaque jour que tu as vécu. À rêver ses rêves. Va savoir où elle est. Où ses rêves l'ont emportée. Il fait froid, comme j'ai dit, et il fait nuit comme dans la bouche du diable, et tu es réveillée parce que tu viens d'entendre la cloche d'alarme. La mort arrive par la route pour venir frapper à ta porte et tu ne sais pas quoi faire. Le Maître est de retour après un mois de guerre à peine, et Maîtresse est morte de son doigt infecté et gît enterrée dans la terre à côté de ses fils morts, et à présent c'est toi qu'on vient enterrer. T'enterrer, toi, tes bébés et ta vieille mère, plutôt que de te laisser partir vivre avec Oncle Lincoln au nord. Vivre dans sa maison blanche et cueillir les fruits sur ses arbres. Maître arrive avec ses recrues. J'ai deux bras et un dos. J'ai trois bébés et une vieille mère qui ne peut pas marcher. « File », c'est ce que me dit ma vieille mère. Elle se lève, juste assez longtemps pour me mettre un bébé sur le dos et m'installer les deux autres dans les bras. « File », dit-elle. Ma vieille mère. Il y a une butte dans la cour avec des buissons comme ceux-là, je vais jusque-là et je les regarde arriver et traîner ma vieille mère par les cheveux jusque dans la cour. La faire s'allonger dans une des mares. La maintenir là, dans le mouillé. La maintenir là jusqu'à ce qu'elle ne bouge plus. Et moi qui porte trois bébés. Assise là à les regarder noyer ma mère. Comme un rat. Et à tout instant, n'importe lequel de mes bébés peut se mettre à pleurer. Et tu veux partager ma route ? Me donner un biscuit et m'aider à faire mon chemin ? Me raconter les histoires d'un imbécile de capitaine, et d'un autre imbécile qui s'est fermé les poches en enflant ? Des histoires de rasage et de parfum français ?

— Je me suis battue contre eux, fis-je, même si le bâton sur mon cou n'avait pas bougé, m'empêchant de respirer, même si je croyais regarder ma fin dans les yeux.

— Non, pas eux, fit-elle. Tu ne t'es battue contre rien de tout ça. Non, dit-elle, baissant la tête jusqu'à ce que nos nez se touchent presque, nos bouches, et nos épaules, tu ne t'es pas battue contre un dixième de tout ça.

— Où sont tes bébés ?

— Mes quoi ?

— J'ai eu un bébé jadis." J'ignore pourquoi je lui dis ça.

Elle ne répondit pas, enleva juste le genou de mon torse et le bâton de mon cou et s'enfonça dans le bois sombre derrière nous. Loin du ruban blanc de la route déserte. La dernière chose que je l'entendis dire tandis qu'elle disparaissait et qu'allongée, je m'étouffais avec l'air qui enfin passait de nouveau, fut "Je vais te dire."

Quand j'étais petite, ma mère aimait commencer une histoire et finir avec une autre. *Hansel et Gretel* se terminait par *Rumpelstiltskin**, et *La Reine des neiges* par la *Mère Poule*. J'ignore si elle le faisait pour vérifier mon degré d'attention ou d'éveil, ou parce qu'elle trouvait les vieux contes éculés et croyait leur donner un coup de neuf. Parfois elle en mélangeait trois ou quatre. En faisait un baluchon et se mettait à tirer à tout va. Bartholomew me dit un jour qu'il l'avait entendue à ce jeu, mais je ne vois pas comment il aurait pu puisqu'elle mourut de sa propre main presque tout de suite après qu'il m'eut donné ce zinnia rouge sombre que j'apportai dans la maison pour le sécher entre les pages d'un livre, et que j'ai conservé, avec encore quelques touches du pourpre de jadis. Peut-être l'a-t-il rêvé. Peut-être ma mère lui a-t-elle rendu visite dans son sommeil. Peut-être qu'elle est venue lui parler à lui aussi. Lui raconter l'histoire du petit garçon en pain d'épices qui sortit de la maison en courant et croqua dans une pomme, et du petit homme qui tissait si bien l'or que tout le royaume s'endormit – Fin.

* *Tracassin* est le titre français de *Rumpelstiltskin*.

Que Bartholomew eût été visité dans ses rêves ou que, posté un soir sous notre fenêtre, il eût entendu ou pas ma mère coudre des histoires ensemble, j'eus l'impression, parfois, après avoir quitté les États rebelles, cependant que je faisais lentement route, à pied ou à cheval, vers notre ferme de l'Indiana, d'être sortie d'une histoire et entrée dans une autre. Dans l'autre histoire, celle dans laquelle je me trouvais à présent, l'ange de la mort n'avait pas déployé ses ailes et éteint les étoiles pour envoyer du métal et des hommes hurler ensemble dans sa terrible nuit qui n'en finissait pas. Là où je marchais à présent, il n'y avait point de champs de cadavres encore frais pour y enfoncer jusqu'au genou, pas de gars piqué par une abeille et portant un uniforme gris ou bleu ou d'aucune autre couleur visible dans le champ, pas de ville tout entière prise de démence, pas de canon brûlant, pas de chien battu à mort à coups de baratte. Non, c'était une saison pleine de fleurs, des champs qui sentaient la charrue et des vaches bien grasses qui broutaient. Des oiseaux plongeaient depuis les arbres et animaient les branches de leurs chants. La tentative de Lee sur la Pennsylvanie n'était plus depuis longtemps qu'ossements enfouis dans les champs pour des siècles. Du linge pendait gentiment sur les cordes. Sur les manteaux de cheminée, les pendules faisaient tic-tac et donnaient une heure qui aurait toujours été juste.

Mes cheveux avaient poussé et je portais la robe et les souliers de Neva Thatcher, de bonne qualité, et plus d'une famille m'accueillit pour m'offrir un repas. L'époque était pour le moins étrange, et nul ne me demanda ce que je faisais loin de l'État où je vivais. Deux sœurs chez qui je dînai me dirent qu'elles avaient donné de la soupe à un trio de jongleurs manchots à peine une semaine plus tôt. Un vieux couple vivant au fond d'un verger de pommiers tout près de Waynesburg avait un matin découvert au réveil un canon défoncé abandonné dans leur écurie. Des nègres en ayant fini pour toujours avec le Sud et ses jougs étaient partis avec leurs baluchons et leurs mules. Une fois je crus reconnaître ma compagne de route. Mais c'était une autre femme vêtue d'une jupe en haillons et portant un paquet emmitouflé de calicot sur chacun de ses bras puissants. De-ci, de-là, on croisait bien un vétéran démobilisé, le regard encore traversé de bombes et de balles, mais sur de grandes étendues, on ne voyait plus un soldat. Ce qui n'empêchait pas ceux qui restaient ou étaient déjà rentrés d'essayer de jouer l'un ou l'autre de leurs mauvais tours. Ce furent eux qui plus d'une fois me firent sentir que mon histoire n'avait pas encore tout à fait basculé dans une autre.

La première fois, j'étais sur le point de passer dans l'est de l'Ohio, et je marchais depuis un moment sous la pluie. Apercevant au loin de la lumière dans une maison, je m'approchai et frappai. Un grand gaillard portant une cicatrice au front vint m'ouvrir. Il me dit d'entrer, entrez donc, déclara que j'avais l'air affamée et que sa femme me donnerait à souper. Sa femme ressemblait en gros à trente-cinq kilos de carcasse épuisée. Elle avait un bleu bien voyant à la joue et ne dit mot, frémissant seulement quand son mari pointa un doigt vers elle. Quand il passa devant moi – pour aller cherche du cidre, dit-il, dans l'abri – elle me fit un signe dont même un demeuré aurait compris qu'il signifiait *Vite, va-t'en !* Je restai assez longtemps pour voir par la fenêtre qu'il ne rapportait pas du cidre mais un pistolet de cavalerie standard de l'armée américaine et une longueur de corde. Je dis à la femme qu'elle devrait venir avec moi, mais elle se contenta de sourire, me donna un biscuit et me dit qu'elle n'était pas inquiète. Je sortis par la porte de la cuisine et me dépêchai sous la pluie, dans la nuit, avec mon biscuit que je commençai à ronger sous un massif de lilas. La femme l'avait trempé dans du saindoux et il me fit un honnête repas. Tout en mastiquant, je pensai à ce bleu qu'elle avait. La pluie tombait dru, pénétrant le massif de lilas. J'ignore pourquoi je m'étais assise là. Il y a l'abri et l'idée qu'on se fait d'un abri. L'idée, vous pouvez bien vous réfugier dessous, vous vous ferez tremper quand même.

Il faut que je m'enfuie d'ici pour continuer et rentrer à la maison, songeai-je. J'y songeai une fois, puis encore une autre. Essayai à haute voix de le dire à ma mère, mais sans obtenir de réponse. Essayai de me rappeler quand je lui avais parlé pour la dernière fois. Me mis à faire mes plans pour quitter ces lieux, me mettre en route sous la pluie battante, à faire route toute la nuit. Et pourtant, quand j'eus fini le biscuit, je m'attrapai un bâton solide et, trempée comme un goret noyé, revins en arc de cercle vers les lumières de la maison. Quand j'arrivai, prête à tenter ma chance contre le pistolet, je levai les yeux et par la fenêtre, les vis tous deux assis au coin du feu. La corde était enroulée sur le manteau de cheminée et pas de pistolet en vue. Allez comprendre. Le monde a tant de visages. La tête dans les mains, l'homme pleurait et la femme, un sourire aux lèvres, sirotait une tasse de thé.

Une autre fois, moins exceptionnelle, ce fut un vieux grand-père qui jugea nécessaire de m'arracher un baiser. Il m'avait proposé de m'avancer sur mon trajet dans son chariot de fumier, et quand je m'assis à côté de lui, il me donna un grand coup au visage avec le manche de son fouet. Puis il essaya de me monter dessus, tout baveux. À mon avis il dut se casser quelque chose en percutant le sol à côté de sa mule. J'amenai le chariot quelques kilomètres plus loin avant de l'abandonner le long de la route. La mule essaya de me suivre mais renonça au bout de quelques pas. J'envisageai cinq minutes de la dételer et de rentrer chez moi sur son dos. Mais la pensée me revint d'un gars de ma compagnie, venu de Martins Ferry, qui avait essayé ça avec une mule de marchand, et s'était fait pendre trois heures par les pouces quand on l'avait pris, avant d'être exclu du camp au son des tambours, sur ordre de mon colonel à présent général. Je dételai quand même la mule et lui donnai un bon coup sur la croupe pour qu'elle file à travers champs, loin de ce vieil homme. Il en fallait plus que la brûlure du fouet du vieux pour me donner du cœur à l'ouvrage. Plus que l'homme à la corde avec son pistolet de cavalerie. Plus que le souvenir de tous les hommes avec qui j'avais vécu dans l'armée de l'Union. Des hommes capables de pisser sur un chat à l'agonie. De se moquer d'un petit garçon perdu. De violer une femme entrée dans l'automne de sa vie. De faire brûler une maison appartenant à des femmes d'église. De vous boucler dans une taule à fous et de vous y laisser pourrir.

Non. Si je dételai la mule et l'envoyai courir, c'est que ma mère m'était apparue. Ma mère, grande et forte. Ma mère qui maniait une lourde faux tout le jour puis sortait labourer au clair de lune. Ma mère, avec tout ça, assise sur les marches du perron, la tête dans les mains, les épaules agitées de soubresauts, et ses yeux, quand je pouvais les voir, partis loin de moi telles des perles de verre noir. J'étais dehors, occupée à quelque tâche, quand j'avais vu un homme arriver vers la maison et parler à ma mère, je l'avais vu secouer la tête en la montrant du doigt, puis me montrer, moi, alors même que j'étais si loin, puis il s'était éloigné, était remonté dans son chariot. Dieu sait s'il y en avait eu des hommes qui venaient chez nous pour une raison ou une autre, mais nul n'avait jamais réussi à laisser ma mère gisant ainsi dans la mare de ses propres larmes.

J'avais cinq ans quand cet homme était arrivé puis parti pour ne plus revenir durant bien des années. Ce qui ne m'empêcha pas de m'imaginer que j'aurais dû dételer sa bête pendant qu'il parlait en montrant du doigt et changeait les yeux de ma mère en perles noires. C'est plus d'une fois, durant les jours à venir, et même si ma mère, dès l'après-midi, était redevenue l'être invincible que je connaissais, que j'allais m'imaginer dételer la bête de cet homme et l'aiguillonner avec un bâton. La regarder s'enfuir. Lançant peut-être ainsi l'homme à ma poursuite. C'est du travail que de dételer une bête. Je n'y serais jamais parvenue. Mais tel fut le fantasme qui me prit. Et c'est à tout cela que je pensais le jour où je dételai la mule du vieil homme. À ma mère en train de pleurer. À mon fantasme. À l'homme dont j'entendis dire plus tard que c'était mon père venu me réclamer en hurlant.

Les hommes ravagés par la guerre et le temps n'étaient pas seuls à avoir des tours dans leur sac. Deux jours après avoir libéré la mule, j'étais à table avec trois fillettes que j'avais trouvées assises côte à côte au bout de l'allée menant à leur ferme. Épaule contre épaule, à tresser des colliers de pâquerettes. La plus petite avait une couronne de pâquerettes dans les cheveux, des bracelets de pâquerettes aux poignets. Elles me saluèrent et je leur rendis leur salut.

"Tu as faim ?" demandèrent-elles.

J'avais faim en effet et ce n'était rien de le dire.

"Où sont vos parents ?" demandai-je. La plus grande cligna des yeux en regardant vers le ciel. Celle du milieu sourit, le regard perdu au loin, au-dessus des champs.

Leur père était mort à Shiloh et leur mère avait disparu il y avait bien longtemps, si bien qu'il ne restait plus qu'elles trois. La plus jeune parlait à peine, et les deux plus âgées ne pouvaient guère avoir plus de huit ou dix ans. Ce qui ne les empêcha pas de m'accueillir quand nous eûmes descendu le chemin, et de me servir une savoureuse soupe de porc aux haricots, de me donner un morceau de pain tendre, une bouchée de beurre, et une tasse de bon lait crémeux. Elles avaient un pendentif carré abritant des photos de leurs deux parents, et elles le portaient à tour de rôle autour du cou. Apparemment, c'était à peu près toutes les heures que l'une l'enlevait pour le passer à la suivante, qui le mettait, l'ouvrait, hochait la tête, et retournait à sa tâche, qu'il s'agisse de manier le balai ou de jouer avec une poupée d'épi de maïs. Le plancher était balayé, les fenêtres lavées, les colliers de pâquerettes étaient partout, et elles me laissèrent m'allonger dans le lit bien moelleux de leurs parents pour la nuit. Au réveil, tout était aussi joyeux que la veille, sauf que ma robe et mes souliers avaient disparu.

"Comme ça, tu ne peux plus partir, fit la plus grande.

— Plus jamais", fit la fillette du milieu.

Elles avaient dressé la table, la couvrant de nourriture. Il y avait du bon café, fraîchement préparé. Je m'assis pour manger, pieds nus, en sous-vêtements. Je les accompagnai dans leurs tâches pieds nus, en sous-vêtements, et pris mon déjeuner dans ces mêmes atours. Plus d'une fois, tandis que nous traversions la cour, toutes trois regardèrent le puits. Je laissai la petite me monter sur les genoux quand nous nous reposâmes quelques minutes à midi. Je la chatouillai un peu et dis aux deux plus grandes qu'elles s'en sortaient comme des chefs avec elle, que si elles continuaient comme ça, elles allaient l'élever bien comme il faut. Cela leur fit tellement plaisir qu'elles me firent essayer leur pendentif et m'offrirent un spectacle après le repas. Toutes deux savaient danser et chanter. La plus âgée alla décrocher un banjo qui avait appartenu à leur oncle. Elle en jouait si bien que cela me mit mal à l'aise.

"Vous n'avez pas de la famille chez qui aller ? demandai-je après le spectacle.

— Toute la famille qui est nôtre est à Cleveland, fit l'aînée.

— On peut dire que tu sais parler, lui dis-je.

— Mais on est bien ici, fit la moyenne. On veut rester ici pour toujours.

— Toujours et pour toujours, fit la cadette.

— Ça fait beaucoup de temps, dis-je.

— Tu n'es pas bien ici ? demanda l'aînée.

— Si." Et de nouveau, je chatouillai la petite. Puis je sortis, remontai le seau du puits et récupérai ma robe et mes souliers. Quand je les eus enfilés, je me trouvai avec le canon d'un pistolet Lefaucheux braqué sur moi. Il était dans les mains de la plus âgée. Je m'approchai d'elle, posai les mains sur les siennes et les tins une minute avant de les libérer.

"Il faut tirer pour que cet engin marche sur quelqu'un, lui dis-je.

— Je sais tirer", fit-elle.

Je hochai la tête, remerciai les fillettes pour leur hospitalité, acceptai le baluchon de nourriture qu'elles avaient préparé pour moi, leur dis que je ne supporterais ni les larmes ni aucune autre démonstration, et partis sur la route.

Une heure plus tard, je traversai à grand fracas un petit bois, un bataillon de taons à mes trousses, et me retrouvai à un endroit où la terre avait enflé jusqu'à ressembler à la cloche annonçant le dîner dans la demeure d'un géant. Deux ou trois arbres flanquaient le monticule, mais le sol était spongieux et il n'y poussait guère que de hautes herbes et des broussailles. Je gravis le monticule et marquai une pause au sommet. J'avais entendu parler de collines semblables à celles-ci, avec, sous chacune d'elles, toute une ville morte enfouie, et dont personne parmi les vivants ne savait comment elles s'étaient formées.

Je m'accroupis un instant et raclai la surface tendre. Je m'allongeai sur le flanc, l'oreille contre le sol. Avec le soleil pour couverture. Dans l'oreille, l'air qu'une des fillettes m'avait chanté. La terre sous mon corps semblait lourde. Comme si elle pouvait se mettre à chuchoter. Chuchoter quelque secret. Je m'endormis et rêvai que le monde était arrivé à sa fin.

Je ne crois pas que j'aurais fait guère plus qu'imaginer une visite à Yellow Springs, Ohio, si un chiffonnier vendant des draps de lit et des chaussettes de couleur ne m'avait pas demandé si j'y allais. Tel n'était pas le cas, et je n'avais pas la moindre idée que j'en étais tout près, mais quand il eut sorti un échantillon de sa marchandise, et que je lui eus dit que pour le moment je n'avais nul besoin de ce qu'il proposait, même si le rouge de ses chaussettes était, comme il l'avait dit, très seyant, je suivis ses indications, gravis une colline, descendis une route en bon état et entrai en ville.

L'endroit était superbe. Des rues calmes, bien entretenues, des maisons propres avec chacune ou presque son joli petit bout de jardin. Il y avait une église bien bâtie avec un cimetière où l'on avait récemment creusé plus d'une tombe. Je trouvai le cousin du général, enterré sous du granite rose et un jeune amandier dont les premières fleurs fragiles étaient chahutées par la brise. La pierre portait des motifs soigneusement gravés, invisibles de loin. Il y avait des étoiles et des oiseaux. Une pleine lune éclatante. En s'approchant, on distinguait une rivière élevant ses méandres vers les cieux. Sous le nom du cousin figuraient ses dates. Sous ses dates, les mots *Sans peur*.

Je n'eus pas à questionner longtemps pour trouver la maison du cousin. Je voulais seulement jeter un coup d'œil de loin, mais la femme de la maison qui était là à tailler vigoureusement des massifs de roses m'interpella et m'enjoignit d'entrer. Je lui dis que dans la campagne, je m'étais frottée à des hors-la-loi, des orphelins, et que je n'étais pas en état de franchir le seuil d'une belle maison, mais que j'avais connu son mari et que si elle voulait, je m'assiérais une minute avec elle sous la véranda. Elle ôta son chapeau de jardin, se passa la main dans les cheveux, me fit asseoir en me demandant d'attendre, puis revint cinq minutes plus tard avec du thé bien frais et des sandwiches de pain tendre avec du jambon et des cornichons noyés dans du beurre frais, une vraie pile que je fis de gros efforts pour ne pas descendre trop vite. Une ou deux fois, tout en mangeant, je commençai à parler, mais elle leva la main. Elle était aussi belle à regarder que sa ville. Déjà entrée dans l'âge mûr mais avec élégance, à la fois tendre et solide comme le silex, douce et dure. Sirotant son thé en silence, elle promenait les yeux sur son jardin. Elle avait des hortensias en fleurs, roses et violets, des lilas blancs, une rangée de pêchers au tronc pâle, de pommiers et de griottiers. Partout, des érables montraient leurs premières feuilles, et au-delà brillait le clocher blanc de l'église.

"Où avez-vous connu mon mari ?" demanda-t-elle quand j'eus mangé le dernier sandwich et me fus essuyé les mains sur ma serviette. Je n'avais pas envie qu'elle voie mes doigts, qui n'étaient que crasse et ongles rongés. Bien que j'eusse pourtant essayé de les récurer un peu en passant devant un puits sur le chemin de sa maison.

"Je l'ai connu de vue dans le Maryland et en Virginie, et un peu avant aussi, dans le Kentucky. Courageux comme on en voit rarement. Il traversait la bataille sans frémir, en restant calme et posé. Comme un dimanche après-midi où on serait tous rentrés de l'église pour manger vos sandwiches."

Elle sourit et frissonna. Difficile de dire dans quel ordre.

"Il a fait son devoir, à n'en pas douter. Pas un homme de sa compagnie ne dirait le contraire.

— Étiez-vous rattachée à son régiment ?

— Je faisais la lessive, et d'autres menues tâches. Il m'arrivait de conduire des chariots. Je peux cuisiner un peu s'il le faut. J'aidais les marchands ambulants à étaler leurs articles."

Elle avait l'œil vif et elle me considéra longuement. Si j'avais encore eu mon uniforme, elle l'aurait traversé du regard comme s'il n'avait pas été là.

"Et à présent, vous avez quitté ces fonctions, et fait tout le trajet à pied depuis la Virginie ?

— Je rentre retrouver mon mari, qui est resté à la maison pendant la guerre.

— Ah, dit-elle. Une jeune femme mariée, loin de chez elle, qui voyage avec une armée en temps de guerre. Voilà une image peu ordinaire.

— C'est vrai, madame.

— Pénélope partie à la guerre et Ulysse resté au foyer.

— Pardon ?"

Elle garda le silence un moment, sirotant son thé. Je fis de même. C'était un très bon thé. Avec plein de sucre et encore plus de menthe. Il y avait des chants d'oiseaux dans l'air. Des merles, des passereaux, des roitelets. Un ou deux que je ne connaissais pas. Par là-dessus, quelques cris de geai. C'était une grande maison de brique et, rien que dans la véranda, on aurait tenu à cinquante. On n'en avait pas chez nous, même si le sujet était souvent revenu sur le tapis et qu'il avait été question d'en construire une.

"Veuillez m'excuser un instant", dit-elle.

Elle se leva, entra dans la maison, et revint avec une housse de velours vert. Elle en tira un cadre doré, qu'elle serra contre elle. La dorure avait été adroitement ouvragée et faisait à sa robe bleu foncé un encadrement du plus bel effet, comme une fenêtre ouvrant sur l'autre monde.

"Nous avions fait faire ce portrait avant qu'il ne reçoive l'ordre de partir au combat. Il était encore professeur alors, il finissait tout juste le semestre de printemps.

— Professeur, dis-je.

— Ici, à Antioch, bien sûr. L'université a fermé. On s'attend à ce qu'elle ouvre de nouveau après la guerre. Elle se trouve juste là-bas."

Elle agita le bras en direction d'un bouquet de peupliers. On devinait la pierre à travers les arbres, une paire de tours se distinguant à peine, un coin de mur, la margelle moussue d'un puits. Elle me tendit le cadre et me demanda si son mari ressemblait encore à son portrait. Si la guerre n'avait pas totalement dévasté sa beauté. Elle l'avait vu après sa blessure, dit-elle, n'avait pas aimé ce qu'elle avait vu, et l'avait supplié de rester avec elle quand il avait été remis.

"C'est votre… ? demandai-je.

— Mon mari", fit-elle.

J'avais en main un portrait du colonel, mon colonel qui était devenu général.

"Alors vous n'êtes pas la femme de l'homme qui gît là-bas sous la pierre rose et qui était le cousin du général.

— Le frère cadet du général.

— Son frère.

— Mon mari l'appelait son cousin pour que le lien ne soit pas trop clair. Ni trop clair ni trop proche."

Je gardai le silence. Dans ma tête, les choses se remettaient en place.

"Bien sûr il n'avait pas toute sa tête, et il refusait d'être séparé du général. Le général a été bon avec lui. Très bon.

— Très bon, répétai-je, ma tête toujours occupée à tenter de mettre au point la nouvelle configuration.

— Oui, fit-elle.

— Oui", répondis-je.

Et puis j'eus l'image en entier. Rien n'était différent.

"Je ne lui ai parlé qu'une fois ; mais je l'ai vu plus d'une fois. Comme je le disais à l'instant, il a fait son devoir.

— Et vous, le vôtre."

Je la considérai. Elle avait de nouveau l'œil posé sur moi et souriait. Le sourire était tendre. Les frissons avaient disparu.

"Le général a-t-il changé, de ce que vous vous rappelez ?

— Oui.

— Oui", fit-elle. Elle croisa les pieds devant elle en sirotant son thé. Puis de nouveau elle me lança un regard dur.

"Je sais que vous n'avez pas lavé de linge ni conduit de chariot dans le Maryland ni en Virginie, à part votre propre linge, à moins qu'on ne vous ait donné l'ordre de conduire un chariot dans le cadre de votre service."

Je ne lui répondis pas, restai juste là, tenant avec précaution le portrait du général d'une main, et mon verre de l'autre. Elle tira une lettre d'une poche cachée bordée d'un ruban écarlate à l'avant de sa robe, la déplia et lut :

Une jeune femme s'est déguisée et a combattu un temps dans mon régiment, courageusement et avec une distinction considérable. Elle a été fort mal traitée quand on l'a démasquée. Y compris par moi-même. Après m'avoir rendu visite plus tôt dans l'après-midi pour me laisser un manteau chaud dont elle n'avait plus besoin, elle nous a quittés, et j'espère qu'elle en a fini pour de bon avec la guerre. Je ne sais pas pourquoi j'ai cette idée et j'hésite donc, ma chérie, à l'écrire, mais je m'attends vaguement à ce qu'elle vienne à toi. Surveille son arrivée sur la route. Traite-la bien si elle vient. Fais-lui savoir qu'elle est bienvenue. Et de ma part aussi.

Elle me montra la lettre, que je regardai rapidement. Il y avait la trace brune d'un pouce du côté gauche de la page, là où quelqu'un l'avait tenue avec des doigts sales. La moitié inférieure de la page avait été déchirée. Le général avait une écriture aux caractères élancés, qui ressemblaient à l'une de ses actions. Il avait écrit avec une sorte d'encre violette qui avait bavé de-ci, de-là autour des lettres, transformant certaines des boucles en chrysanthèmes.

"Il a su, pour moi, bien avant quiconque, dis-je.

— Cela ne m'étonne pas, fit-elle.

— Mais il n'a rien dit.

— Cela ne m'étonne pas non plus.

— Mais pourquoi ?

— Je l'ignore.

— Il était professeur de quoi ?

— De latin et de grec.

— Je suis très fatiguée.

— Eh bien il vous faut entrer vous allonger, soldat Thompson."

Je restai plus longtemps que je ne l'aurais imaginé dans la maison du général encore au combat et de son épouse qui fut bonne avec moi : les récoltes étaient sorties de terre et l'été bien avancé quand je commençai à songer à reprendre la route. Durant tout ce temps, j'avais occupé la chambre du frère du général et, en commençant, au moins dans ma tête, à m'éloigner de la maison vers le nord et l'ouest pour rentrer chez moi, je ne pensai pas peu à son édredon moelleux et à son bon matelas de plumes. C'était le genre de lit dans lequel on pouvait s'enfouir pour laisser la chaude douceur étouffer vos rêves. Il y avait quelque chose de ce lit qui pour moi avait à voir avec le tertre indien, la chaise de la maison de fous, la tombe du frère du général, celle de ma mère, et celle qui m'attendait tôt ou tard, que je tienne le coup ou pas. C'est ce fichu tour, du "ou pas", qui me ralentit et me fit regarder lentement d'un côté puis de l'autre puis d'aucun côté du tout. Au beau milieu de cette absence de côtés, je trouvai un seau. Empli de larmes. Le seau fuyait. Je m'essuyai les joues dans la taie d'oreiller. Il en coulait encore par la fuite. Je n'avais jamais pleuré avant, à peine s'il m'était arrivé d'avoir les yeux humides. Ou alors si j'avais jamais eu une bonne crise de larmes, c'était avant que je puisse me rappeler : bébé maigrichon dans les bras de sa mère. Ça ne me plaisait pas de le faire maintenant, mais je ne voyais pas de moyen d'arrêter. Mon seau fuyait toujours quand la femme du général frappa à ma porte tard par une chaude matinée et me dit de descendre, on avait besoin de mon aide.

"Je crains d'être indisposée, madame, lui dis-je.

— Eh bien, disposez de ce qui vous travaille et descendez", répondit-elle.

C'était un chariot avec un vieil homme qui de prime abord ressemblait à s'y tromper à mon galant de la route. Toutefois cet homme-là n'avait pas de bave lui dégoulinant dans la barbe, et quand je m'approchai avec la femme du général, il ôta son chapeau et nous adressa un salut fort civil. Il avait l'œil tendre et vert, au point de paraître arroser de jeunes feuilles vertes, et quand j'eus salué en retour, je vis qu'il lui manquait un bras.

"Je peux me débrouiller pour tout sauf déplacer les cartons, fit-il.

— Je serai heureuse de vous donner un coup de main", répondis-je.

La femme du général nous adressa à chacun un franc sourire et nous partîmes, du moins cela y ressemblait, me disais-je en y repensant plus tard en chemin, emportée au trot de la jument du vieil homme. D'abord le sourire de la femme du général, et puis nous, moi et le vieil homme, ses yeux embués et mon seau qui fuyait, et la route ouverte qui nous menait hors de la ville.

"Vous prisez ?" me demanda le vieil homme, tirant de sa poche de gilet une bourse turquoise, et prélevant une pincée de tabac.

"Non", dis-je, puis je me repris "Oui", pensant que ça m'aiderait peut-être à m'éveiller de mes rêveries.

"Elles ont l'air sacrément fortes, ces mains que vous avez là, dit le vieil homme quand j'eus cessé d'éternuer.

— Je m'appelle Constance, dis-je.

— Je sais. On nous a présentés là-bas en ville."

Je ne répondis rien et nous fîmes route en silence un moment, grimpant une colline couronnée de fleurs pour redescendre sur l'autre flanc. Tout du long, le vieil homme me jetait de brefs coups d'œil, de ses yeux verts humides, et après encore une minute, il me dit "Weatherby. Je m'appelle Weatherby.

— Ravie de faire votre connaissance, dis-je.

— De refaire connaissance, vous voulez dire."

Nous avançâmes encore, pour tomber sur une bande de corbeaux s'affairant sur une carcasse, et Weatherby remarqua qu'ils avaient l'air de sacrément s'amuser. Qu'il n'y avait rien de plus heureux qu'un animal qui vient de trouver son repas de midi. Il dit que la femme du général nous avait préparé des sandwiches et qu'après avoir récupéré le chargement, on pourrait pique-niquer à l'ombre d'un arbre. Rien de tel qu'un pique-nique à l'ombre d'un arbre, dit-il, un pique-nique à l'ombre d'un arbre en été, même au prix de toute une année d'efforts, on trouverait rien de mieux. Alors il dit que s'il avait un mouchoir, il me l'offrirait. Sans que je m'en rende compte, mon seau avait remis ça, laissant fuir des larmes de mes yeux, des larmes brunes. Des feuilles mortes. De la boue de ruisseau. Ruisselant sur mon visage et me tombant de la mâchoire.

"On me dit que vous avez eu des peurs en route et vu un peu de la guerre, dit Weatherby.

— Je suis désolée. Je ne me reconnais plus, plus du tout.

— J'ai perdu ce bras au combat il y a cinquante ans, dit-il. Mon fils est parti et mon petit-fils y est toujours, dans le Shenandoah.

— Alors vous avez ma compassion.

— Vous pouvez l'étendre à tout le vaste monde, tant que vous y êtes. Mais ce que je voulais dire, c'est que moi aussi, j'en ai laissé couler, des fuites, et plus souvent qu'à mon tour."

Je m'essuyai le visage dans ma manche de chemise. Ce n'est que plus tard que je fus frappée par le mot qu'il avait employé, *fuites*, en parlant de ses larmes. Je ne pleurai plus jamais après cette période de réconfort et de soins dans l'Ohio, mais de ce jour, chaque fois que je vis quelqu'un pleurer, petit ou grand, je songeai à des seaux laissant échapper leur contenu goutte à goutte.

"J'ai cru que j'étais en train de me changer en pleurnicheuse, dis-je quand nous eûmes encore avancé, et que je me rendis compte que mon visage était resté sec.

— Vous ne m'avez sûrement pas l'air d'être une pleurnicheuse", dit-il.

Il avait laissé ralentir la jument, qui avançait maintenant d'un pas morne, mais il secoua les rênes et nous repartîmes bon train.

Il y avait quinze caisses à transporter et nous les trouvâmes parfaitement empilées devant une boutique ayant appartenu jadis à un homme qui avait en partie gagné sa vie en faisant des portraits jusque pendant la guerre. La machine se trouvait sous son châle noir au centre de la boutique, en face d'un rideau de velours rouge tombant d'un paravent. La sœur du portraitiste, qui gérait l'affaire, dit que, si nous le voulions, nous pouvions embarquer l'instrument lui aussi mais je ne dis mot et Weatherby secoua la tête. Un poulet couleur de charbon nous tenait compagnie dans la boutique pendant que nous nous affairions, picorant le bouchon d'un pichet sous l'un des bancs, sans que rien ne puisse le distraire. Même si c'était l'enfance de l'art que de transférer les caisses dans le chariot, Weatherby manifesta quelques inquiétudes quant à la façon dont je rangeai le chargement.

Il ne manquait pas d'arbres offrant de l'ombre sur la propriété du défunt portraitiste, mais Weatherby dit que si je pouvais attendre, il y avait un endroit qu'il aimait bien, plus loin au bord de la route. Au moyen d'une corde moussue, nous tirâmes d'un puits une eau plus chaude qu'elle n'eût dû être et étanchâmes notre soif. Le seau mouillé du puits entre mes mains, j'attendis un instant pour voir si j'allais en reprendre une tournée mais je m'abstins. Quand nous fûmes prêts à partir, la sœur sortit, prit l'argent de Weatherby sans un mot ni le moindre signe, puis de nouveau disparut dans la maison du défunt portraitiste.

Nous fîmes notre pique-nique sous un pommier sauvage qui jadis, selon Weatherby, flanquait une maison disparue de la surface de la terre sans laisser une seule trace. Il savait qu'elle avait existé pour y avoir joué enfant, ou quelque chose du genre. Certains des voisins pensaient qu'une tornade avait arraché la maison pour l'emporter, elle et la famille qu'elle abritait, avec tous ses enfants, jusque dans le Kentucky, au sud, ou en remontant, du côté des Grands Lacs.

"Vous avez déjà vu une tornade, Constance ? me demanda-t-il.

— J'ai vu la guerre, ça suffit."

Ces mots le firent taire un moment même s'il n'avait pas été dans mes intentions de provoquer cette réaction en les prononçant. Toujours silencieux, il avala une carotte en saumure et s'en alla dans les buissons. Imaginant qu'il était à ses affaires, je fermai les yeux, mais quand il revint, un bon moment après, il était tout dégoulinant, et il me dit qu'il s'était baigné dans un étang. Il fallait certes songer à prendre le chemin du retour mais j'avais le temps, si je le souhaitais, de piquer une tête. Il resterait assis sous le pommier en croquant des carottes et s'assurerait que personne, même s'il était prêt à parier l'une de ses caisses que la route resterait déserte, ne vienne me déranger.

"Qu'est-ce qu'il y a dans les caisses, d'ailleurs ? demandai-je.

— Du verre. Pour une serre."

Je m'enfonçai dans les buissons et descendis un chemin sinueux qui conduisait au bord de l'eau en coupant à travers un bosquet de quenouilles maréca-geux. La surface de l'eau était lisse à l'exception des araignées d'eau. J'ôtai mes souliers et mes chaussettes, retroussai ma robe et entrai dans l'eau, envoyant glisser les araignées dans les hautes herbes. La fraî-cheur me grimpa instantanément dans le cou depuis les pieds et les chevilles, et je sortis pour me dégager de mes vêtements. Au moment où je me retrouvai dans l'eau jusqu'aux cuisses, sans faire un mouve-ment dans l'espoir que les belles araignées revien-draient, un déclic se fit dans ma tête, je me rappelai ma mésaventure dans le ruisseau. Comment j'avais tué ce rebelle dans l'eau après avoir dansé avec lui. Que ce fût vrai ou pas. Dansé ou tué. Un air de vio-lon me tourmentait les oreilles. Je me mis à trembler si fort que je tombai sur le côté. Il y avait des poissons ou des serpents dans l'obscurité humide et l'un d'eux me frôla l'épaule. Je n'aspirais plus qu'à dormir. Qu'à retourner à ce lit dans la maison du général ou à me noyer. Mais je restai dans l'eau encore un moment, sans me noyer, allongée sur le dos, à dériver tandis que de petits poissons me butinaient les orteils.

Pendant tout le trajet de retour jusque chez Weatherby, le temps de décharger et d'empiler soigneusement, puis durant le trajet jusque chez le général, la conversation porta sur la guerre. Une fois que Weatherby était lancé, impossible de l'arrêter, même si on restait vraiment longtemps sans rien dire, à chasser les abeilles à miel qui nous bourdonnaient autour des sourcils, ou à fixer les nuages au loin.

"Vous y étiez, vous les avez vues de près, ces batailles, si j'ai bien compris, fit Weatherby. Vous n'avez pas une opinion sur la question ?

— Si, j'en ai une."

Sa guerre, telle qu'il m'en parla, était celle que l'on trouve narrée dans les livres si l'on se donne la peine de lire. J'ai autour de moi certains de ces livres. Je les ai soigneusement parcourus. De plus d'un, on retire l'impression que ce ne furent que capitaines, colonels et généraux s'entraînant à se livrer mutuellement des assauts de plus en plus éclatants. Il y a des dates de ceci, des batailles cela. Les hommes : des fantassins dans la guerre des cieux. Et bon nombre des femmes : des saintes, voire des anges, tout aussi bénies que dépourvues de la moindre égratignure. J'ai vu de mes propres yeux Clara Barton aider auprès des blessés après la bataille de Sharpsburg. Elle apportait des vivres aux carcasses sciées, du réconfort partout où elle allait, refusant de s'arrêter jusqu'au moment où il fallut l'emporter, atteinte du typhus. Mais il n'était question ni de sainte ni d'ange. Seulement d'une femme portant un tablier sur sa robe rustique. Qui aurait d'ailleurs eu une sacrée allure un fusil entre les mains. Mais de femme avec un fusil entre les mains, il n'en est pas une seule dans cette pile de livres que j'ai. Dans ces histoires, les femmes sont des saintes et des anges, et les hommes d'une espèce noble et courageuse, tout ce qu'ils font, ils le font vite et bien, et sans la moindre odeur de sang.

L'un des livres parlait de Petersburg comme s'il s'était agi d'une affaire bouclée en cinq minutes. Comme si une poignée d'officiers avaient posé leurs cartes et laissé leur whisky deux minutes, étaient tranquillement sortis de leurs manoirs et avaient fait usage de leur pouvoir d'officier pour enfoncer les portes de Petersburg. Point de Fort l'Enfer, de redoutes ni de gabions sanglants, ni de tranchées taillées sur des kilomètres, dans le récit narré par ce gars-là ; pas de canon six livres, pas de Howitzer, ni de Dictateur pour faire voler en miettes ce qui hurlait comme taureaux et éléphants en flammes dans le ciel nocturne. On aurait presque voulu y être, à la façon dont c'était raconté. Se laisser tuer par une balle en plein cœur, ou traverser par une balle vous remontant depuis les parties honteuses, juste pour entrer dans la légende. À la lecture, je me sentais montée sur un cheval d'assaut, une lance de joute à la main, me préparant à livrer bataille. Au nom de Dieu et du pays. Des damoiselles. Pour protéger les enfants. Mes yeux ont vu la gloire. Sauver nos pauvres frères noirs. Se baigner chaque nuit dans la lumière des étoiles.

À la façon dont Weatherby en parlait, ou selon ce que moi, j'en perçus, l'engagement de son petit-fils dans l'un des plus prestigieux régiments de l'Ohio ressemblait diablement à ces livres. Je ne les avais pas encore lus alors, pas plus qu'ils n'avaient encore été écrits, mais ils auraient tout aussi bien pu l'être. Ce qui ne veut pas dire qu'il n'avait pas ses raisons. Peut-être ont-ils tous leurs raisons. Pour raconter tout ça comme si c'était un poème, je veux dire. Ce que j'appris le jour où, prenant mon courage à deux mains, j'ouvris enfin la bouche.

"Vous êtes quelqu'un de bien, et vous avez été bon envers moi, mais ça n'a pas été tout beau comme vous le dites", fis-je.

À ces mots, il arrêta le chariot. Tira sur les rênes et fit renâcler la jument. Un colibri passa à côté de nous dans un léger bourdon et Weatherby lâcha un rire avant de fendre l'air à l'oblique avec son moignon qu'il garda tendu droit contre ma tempe un instant. L'extrémité arrondie était plus brune qu'aucune autre des parties de son corps que j'avais pu voir.

"Ils me l'ont cicatrisé avec le fer d'un officier, dit-il. Cinquante ans après, je le sens encore. J'ai dit plus tôt que j'avais été à la guerre. Ils ont dû s'y reprendre à quatre fois, et en réchauffant le fer entre deux. Mais ça, c'est le plus doux de l'histoire. Je connais autre chose que les chevaliers en armure sur cette guerre dans laquelle on s'est fourrés. Mon petit-fils, pour qui je construis cette serre, on me le renvoie le mois prochain, sans yeux, et avec la moitié du visage en moins. À force de raconter les choses d'une façon au lieu de l'autre, peut-être qu'elles finissent par cesser de venir vous ramper autour jusque dans votre lit, et de vous caresser la joue à coups de griffes."

Ayant dit, Weatherby laissa retomber son moignon et donna une violente secousse aux rênes. La jument bondit de côté, puis se remit en marche. Weatherby pointa du menton : le colibri nous accompagnait pour nous dire au revoir. Buissons verts. Floraison de rubis. Nous avions fait halte sur son territoire. Weatherby avait parlé sans une ombre de colère dans la voix. Seul son moignon avait paru être en colère. Peut-être qu'une poignée des flocons de vert à ses yeux y firent-ils danser le reflet du colibri.

"Je vous prie de bien vouloir me pardonner de vous avoir mal compris, fis-je.

— Pas besoin de prier ni de pardonner", dit-il.

Quand nous parvînmes à la maison du général, le crépuscule était déjà tombé et la femme du général, assise sur les marches du perron, tirait sur l'une des pipes de son mari. Quand j'eus fait mes adieux à Weatherby et remonté l'allée jusqu'à la maison, elle sortit une seconde pipe et nous restâmes assises ensemble un moment à fumer.

"Le général aime à faire une promenade avec M. Weatherby le soir, dit-elle. Il le trouve de bonne compagnie.

— Weatherby aime parler, dis-je.

— Quand il est lancé.

— Mais gentiment. Sans agressivité.

— Il est toujours gentil."

Puis nous retombâmes dans le silence. Si on peut parler de silence quand l'air se fait massacrer par une armée de criquets.

"Quand est-ce que le général va rentrer ? demandai-je.

— Quand est-ce que la guerre va finir ? fit-elle. Dans ses lettres il écrit que le combat tourne mal. Puis bien. Ces derniers temps, c'est plus souvent le second cas. Cela le ramènera-t-il tôt ou tard ? Je l'ignore."

Elle se tut définitivement. Nos fumées se mêlaient en s'élevant dans la nuit. Au bout d'un moment, j'emportai ma pipe et montai me coucher. Le tabac était rance mais emplissait toujours la pièce de l'odeur de whisky, de cerise et des champs sur lesquels j'avais combattu.

Au cours de son récit, Weatherby avait dit que son petit-fils était à Sharpsburg et j'y pensais tout en m'appuyant la tête sur l'oreiller pour fumer. Peut-être nous étions-nous trouvés tous deux dans le champ de maïs. Pour charger noblement à travers la fumée de la poudre. Ou peut-être sa peur l'avait-elle rejoint et avait-il fait demi-tour pour s'enfuir. Peut-être avait-il été bouclé avec moi dans la maison de fous avant que la guerre ne vienne de nouveau s'emparer de lui et ne trouve le moyen de lui voler son visage et de lui arracher les yeux.

Il devait être ensorcelé, ce tabac que j'emportai en haut dans ma chambre, car ensuite, je passai des jours entiers, quelle que fût la chaleur au-dehors, enfouie sous les couvertures dans l'obscurité, mes yeux, qu'aucune larme ne mouillait, dévorant tantôt la poussière tourbillonnant autour des planches de lumière qui entraient par les fentes entre les rideaux, tantôt l'obscurité des oreillers, tantôt seulement l'arrière de leurs propres paupières. D'autres jours, je me levai pour travailler dans le jardin, m'occuper de la cour, laver les vitres ou lessiver les planchers de l'aube au crépuscule, respirant les senteurs fraîches du monde tout au long du jour pour, vers sa fin, retourner dans cette chambre me tapir sous ces couvertures, où je cessai de me rappeler les batailles, les maisons de fous, les maris, les histoires, le souffle suave des nourrissons et les mères qui ne respectaient pas leurs propres ordres. Je prenais ma nourriture de nuit, debout dans la fraîcheur du garde-manger. Parfois la femme du général descendait en chemise de nuit, venait se poster à côté de moi et prenait son repas de façon identique. Nous ne parlions presque pas, nous contentant de laisser nos doigts avancer pour ouvrir des bocaux, couper des tranches et tartiner des pâtés. C'est lors d'une de ces nuits, tandis que nous mangions des beignets de maïs avec du miel, qu'elle posa sa main sur la mienne et me demanda si j'étais éveillée ou endormie.

"Je ne sais pas", fis-je, alors elle me dit de la suivre, nous sortîmes, allâmes jusqu'à la pompe, où elle me fit emplir un saladier d'eau et le lui donner. Alors elle le souleva et me le versa sur la tête.

L'espace d'un instant, je fus ailleurs. De retour dans la chaleur de la Virginie. Debout aux côtés du général. Il me demandait d'être tireur d'élite ; je me cachais dans un puits ; des jours entiers passaient tandis que j'attendais de viser et tirer, puis je me retrouvais dans un arbre, oscillant mollement au rythme de ses feuilles, mettant en joue. "Je sais que vous n'avez rien volé dans le havresac d'aucun de vos camarades, je le sais, vous êtes mon tireur d'élite, vous êtes mon meilleur soldat", disait le général. Le saladier revint se déverser sur ma tête avant que j'aie pu répondre.

La femme du général me dit alors, tandis que je dégoulinais au milieu de sa cour dans l'Ohio, et pas sur le champ de bataille en Virginie, que je pouvais rester chez elle aussi longtemps que je le souhaitais mais qu'il était temps de me réveiller, que j'avais assez dormi, qu'il y aurait assez de temps dans l'au-delà pour le genre de sommeil auquel je m'adonnais depuis plusieurs semaines.

"Votre époux, mon général, m'a laissée pourrir dans cette maison de fous, dis-je.

— Êtes-vous sûre que c'est ce qui s'est passé ? Êtes-vous sûre que c'est ce qu'il a fait ?"

Je gardai longtemps le silence.

"Je ne suis pas sûre", dis-je.

Ce fut le lendemain que je mis un terme à mes ruminations et rassemblai mes forces pour partir.

Quand elle eut rempli mon sac de bocaux et de sand-wiches, la femme du général m'accompagna jusqu'aux confins de la ville. Nous avions prévu de faire halte chez Weatherby, car il avait construit sa serre. En che-min, elle dit que c'était un vaste monde qui voyait s'élever des serres neuves d'un côté tandis que de l'autre, la poudre mettait un homme en pièces. Je dis qu'elle n'avait pas tort. Que le monde était vaste. J'en avais vu un peu. Weatherby aussi. Nous tous, en fait. Des gouffres démesurés et les kilomètres tout aussi longs. Elle sifflotait tout en marchant. C'était un bel air, à la fois joyeux et triste, et je me rendis compte que je l'avais entendu chaque jour ces der-nières semaines sans l'écouter.

"Qu'est-ce que c'est, cet air que vous sifflez ?" lui demandai-je.

Elle me regarda longuement, l'air un peu bizarre, puis se mit à rire. C'était juste un air qu'elle avait entendu chanter au général lors de sa dernière per-mission, un air que ses hommes, ses lieutenants et ses capitaines aimaient à chanter ou siffloter tandis qu'ils étaient occupés à jouer aux cartes, faire la vais-selle, panser une blessure, nettoyer un fusil, écrire une lettre, couper du bois, monter une tente, qu'ils soient malades et alités, solidement plantés à côté du canon, juchés sur un cheval ou se lançant à pied dans la bataille pour une guerre qui n'en finirait ja-mais, ou tandis qu'ils arpentaient des champs de ca-davres encore fumants.

"Le général chantait cet air ? demandai-je.

— Oh, il adorait le chanter, répondit-elle.

— Dites-moi son nom", chuchotai-je.

Elle me posa la main sur le bras, se pencha tout près de mon oreille et me répondit en chuchotant.

À notre arrivée, Weatherby nous adressa une courbette cérémonieuse et demanda des nouvelles du
général. On parla du général un moment, mais
comme le ton virait presque au discours officiel,
chacun de nous prenant la parole à son tour, nous
cessâmes. La femme du général avait apporté à Weatherby quelques bocaux de carottes en saumure, et
elle en ouvrit un pour lui.

"Rien au monde qui vaille vraiment les légumes
en saumure, c'est ma façon de voir les choses, fit
Weatherby.

— Ce sont des morceaux de choix, dis-je.

— Ça, on peut le dire, et le redire, et ce ne sera
jamais assez, ajouta-t-il.

— Montrez-nous ce que vous avez construit", dit
la femme du général.

J'étais prête à prendre la route mais découvris que
ma curiosité envers ce nouvel édifice était trop forte.
Weatherby nous fit passer devant un large carré de
pêchers à présent chargés de fruits, et à tout juste une
semaine d'être cueillis, puis devant la courbe argen-
tée d'un petit ruisseau.

"Vous vous êtes fait vendre du verre maculé", lui
dis-je quand nous arrivâmes. Se dressant tout seul

au beau milieu d'une pelouse fraîchement fauchée, c'était un bel objet, aux panneaux de verre soigneusement disposés, mais tous ceux que je pouvais voir portaient des traces.

"Je me suis fait vendre ce que j'ai acheté, fit Weatherby avec un sourire étrange. Exactement ce que j'ai acheté.

— C'est du verre à photo, dit la femme du général. Une serre faite d'images fantômes."

Nous entrâmes. Restâmes debout parmi les bancs vides, à regarder. C'est alors que le soleil déchira les nuages et vint illuminer une centaine d'images-portraits. C'étaient les visages heureux de cinquante hommes partis à la guerre et de cinquante femmes qui étaient restées. Enfin peut-être. Peut-être que certaines des femmes se tenant là toutes droites dans leur robe du dimanche étaient en ce moment même sur le champ de bataille, un fusil à la main, en train de se faire scier un bras, de mourir à côté de leur seau d'aisance, de chanter à tue-tête avec tous les autres des chants de feu de garde, d'éclair fatal et d'arrivée du Seigneur. Quelque part au loin, dans cet autre pays, sachant qu'elles ne rentreraient jamais. Il y avait aussi des images-fantômes de campagne et de fermes en construction, une place dans une ville, un bureau de poste, des buissons en fleurs, un arbre dans le soleil, un ruisseau sous la brise. Il y avait même trois ou quatre fenêtres pleines de gars abandonnés sans rien sur les os sur le site de la seconde bataille de Bull Run, auxquels le photographe, nous dit Weatherby, avait rendu visite durant les semaines qui avaient précédé sa mort.

Weatherby et la femme du général restèrent encore un moment à l'intérieur de la serre mais comme le visage et le cou me brûlaient, je sortis au frais dans l'idée de marcher un peu au milieu des pêchers. Ceux-ci étaient vieux et entrelacés, aussi dus-je me baisser pour arriver à passer entre eux, pour finir par renoncer et m'asseoir contre un tronc, à peu près au milieu du verger. Il y avait des abeilles à miel et des papillons au travail, et l'un d'eux, qui avait du vert, du doré et du turquoise aux ailes, ramena mon regard vers l'arrière de la maison de Weatherby, où, assis sur le banc au soleil, j'aperçus son petit-fils. Il portait des pantalons, un tricot de corps, et avait les mains posées sur les genoux. Les mains étaient grosses, les doigts squelettiques. Ses pieds nus, fermement plantés devant lui, étaient plats, longs et étroits. Un bandage propre lui entourait les oreilles. Sur le visage, il portait un voile violet. Un souffle de brise jouait avec l'ourlet, le soulevant légèrement. Sinon, rien qui bougeât, sur lui ni autour de lui, à part les insectes. Il était comme gravé. Une image de souffrance pour tous les temps. La souffrance de retour chez elle. Au bout d'une minute, je me levai et entrepris de sortir du verger, me frayant un chemin accroupie, pour aller le saluer, mais mes pieds eurent une autre idée et sans que je m'en rende compte, j'étais loin, sans au revoir, ni aucune autre forme de salut, sur ma route.

En laissant Yellow Springs derrière moi pour m'éloigner à la hâte, j'eus le sentiment que c'était d'avoir vu ces soldats morts et ce monde entier s'illuminer avant de disparaître qui me faisait vouloir plus que jamais rentrer avant qu'il ne fût trop tard, avant que Bartholomew, moi, et le vaste monde ne se réduisent à quelque gelée desséchée posée sur une surface de verre fissurée. Pour que le vent puisse y passer en sifflant. Je me dis aussi que c'était peut-être

l'image surgie soudain du petit-fils aveugle de Weatherby tout occupé à ses pousses derrière son voile
violet et sous tous ces visages qui lui restaient invisibles et s'effaçaient peu à peu, dont les yeux s'effaçaient jusqu'à être aussi aveugles que les siens, qui
avait déclenché en moi l'élan pour partir. À moins que
ce ne fût l'odeur de carottes en saumure qui s'attar-
dait dans mes narines, le bruit, encore à mes oreilles,
des carottes croquées par les vieilles dents de Weatherby dans cet endroit silencieux. Ou le souvenir,
dans ma tête, de la femme du général sifflotant "La
Ballade de Gallant Ash".

Quelle que fût la cause, je m'en fus et ne m'arrêtai pas plus longtemps que nécessaire durant ces derniers kilomètres. De telle sorte qu'il ne se passa guère plus d'une semaine entre le moment où je les laissai avec leur serre flottante et ses fantômes, et celui où j'entrai de nouveau dans Randolph County, d'où j'étais partie presque deux ans auparavant. Il était tard. Et il pleuvait, sans quoi j'aurais poussé jusqu'à la maison le soir même. Mais en fait, je passai la nuit avec des gars qui avaient allumé un feu sous une bâche en caoutchouc tendue bien haut à côté d'un champ, près de Winchester. Avec eux, il y avait trois femmes, qui avaient toutes l'air plutôt joyeux. Les gars rentraient de la guerre, à ce qu'ils dirent, et les femmes étaient venues à leur rencontre. Ils fêtaient leur retour, et les pichets de whisky étaient au rendez-vous.

Je bus un coup avec eux, partageai le reste des bocaux et des sandwiches préparés par la femme du général, et ce fut un sacré bon moment. Ils avaient rapporté de belles armes, dont une paire de Sharps et un Henry à chargement par la culasse qui me fit siffler d'admiration. D'où s'ensuivit une démonstration de tir quand la pluie eut cessé. Le Henry donnait l'impression d'être passé tout droit de sa caisse à leurs bras avides. Il pouvait toucher une cible de n'importe quelle taille et à n'importe quelle distance pour qui savait s'en servir. Ce qui était mon cas, et pas celui du gars qui avait dit en être le propriétaire. Après qu'il eut fait voler la poussière autour de la boîte de conserve, ce fut mon tour de tirer, et je leur montrai comment s'y prendre. J'eus mes doutes sur la réalité de l'engagement militaire de ces types quand ils se montrèrent incapables de dire immédiatement où ils étaient allés combattre, ni sur quelle ligne précisément ils avaient fait feu avec ces belles armes toutes neuves qu'ils trimbalaient avec eux, mais l'essentiel de mes pensées était ailleurs, plus haut sur la route. Suffisamment ailleurs pour que, par la suite, quand le gars qui se disait propriétaire du Henry en eut terminé d'essayer de grimper sur sa ronflante compagne pour s'en prendre à moi, je le laisse s'en tirer avec un coup de pied et un coup de coude dans la mâchoire.

Il retourna en rampant vers sa fille et se mit à ronfler à côté d'elle ; j'envisageai de rejoindre la troupe des ronfleurs mais ne pus m'endormir. Je restai allongée sous les étoiles de l'Indiana à penser mes pensées, incapable de m'y soustraire. Peu avant l'aube, mon soupirant lâcha un pet sonore qui le réveilla, et il revint à l'attaque. J'étais agitée et je le frappai plus fort que je ne l'aurais fait sans doute en d'autres circonstances.

Tous se réveillèrent alors, et sans avoir le temps de dire ouf, je me retrouvai poursuivie sur la route, sur une cinquantaine de mètres. Plus tard dans la matinée, juste avant midi, je posai de nouveau le pied sur le sol de ma ferme.

Je ne fis guère plus qu'y poser le pied avant de repartir. Là-bas, dans ma cour, j'avais aperçu le gros criminel que j'avais toute ma vie connu sous le nom de Big Ned Phipps en train de nourrir des hongres que je n'avais jamais vus dans un corral que je n'avais pas construit. Il ne restait rien de l'abri à grains, qui avait brûlé, l'enclos à mules était vide, et une partie de la clôture était défoncée. Il n'y avait pas de récolte digne de ce nom dans le champ, et une douzaine de chèvres hideuses mâchonnaient les mauvaises herbes en se chamaillant. De-ci, de-là, des trous avaient été creusés dans le sol de ma cour. Tout près de la maison, quatre gars étaient assis à l'ombre, une assiette à la main. Ils se balançaient en arrière sur nos chaises en riant. C'étaient les bonnes chaises, pas celles qu'on utilisait dehors dans la cour. Elles avaient appartenu à ma mère et à la sienne, qui aimait les roses, avant elle. Deux des gars assis dans la boue sur mes bonnes chaises étaient partis à la guerre et revenus avant que je ne quitte la maison. L'un était le fils de pute qui m'avait poussée au marché quand j'étais petite et contre qui, dans ma robe boueuse, j'étais retournée me battre à l'en faire pleurer ; l'autre, je ne l'avais jamais vu.

Au bout d'un moment, l'un d'eux passa la tête par la porte de la maison et hurla quelque chose, et l'instant d'après mon Bartholomew sortit. Il tenait un plateau avec des tasses de café. Il fit le tour des gars, les laissant choisir une tasse. Au bout d'un moment, Big Ned réclama la sienne, Bartholomew s'approcha et resta longtemps sous le soleil de juin tandis que Ned bougeait les lèvres et faisait toute une histoire pour prendre sa tasse. Il me fallut me mordre la lèvre pour ne pas hurler à Bartholomew de lui casser cette tasse de café sur la tête, à ce gros lard de Ned Phipps, mais s'il y a une chose qu'on apprend à la guerre et dans la maison de fous, c'est à attendre.

Je refis les huit kilomètres en sens inverse sur la route parcourue le matin, grimpai au frais sous des mûriers et m'endormis. Je m'éveillai à la tombée de la nuit et attendis qu'il fût bien tard et que la lune fût tombée dans son berceau de terre. Alors je retournai au camp plongé dans le sommeil des gars avec leurs filles, et j'entrai tout de go prendre une boîte de cartouches et le Henry. Ils devaient tous être descendus se baigner au ruisseau car ils ronflaient dans leurs sous-vêtements mouillés. Celui qui avait tenté sa chance avec moi avait à peu près ma taille. Il me fallut une longue minute de tâtonnements mais en quittant le camp, j'avais son chapeau sur la tête et ses vêtements sous le bras.

Je marchai vers l'est sous les étoiles, sur deux ou trois kilomètres, puis, coupant vers le nord sur un kilomètre et demi, bivouaquai sous un noyer blanc à l'écorce dépenaillée qui semblait prêt à tomber. J'essayai de dormir un peu, mais en vain. Aux premières lueurs de l'aube, j'examinai le Henry. Ils ne l'avaient pas manipulé correctement en faisant leurs dessins dans la poussière mais le mécanisme restait valable. Je le démontai, le nettoyai de mon mieux, le remontai. J'ôtai ma robe, emballai le Henry dedans et le cachai sous des broussailles à quelques centaines de pieds du noyer blanc avant de me changer de nouveau. Les pantalons étaient grands mais je me trouvai de la corde. La tenue sentait le fruit trop mûr mais je me dis que ça servirait ma cause.

La ville s'éveillait tout juste quand j'arrivai. J'entrai droit dans le café et commandai du café et des biscuits. J'avais régulièrement commandé la même chose dans ce même café tous les jours de ma vie d'adulte, mais je portais mes autres vêtements et nul ne pouvait me voir pour ce que j'étais. Quand j'eus mangé, je demandai encore du café.

"Tu es parti combattre", fit le tas de viande qui me l'apporta sans me reconnaître.

Je hochai la tête. Dis qu'on m'avait démobilisée. Que je passais en rentrant chez moi.

"Chez toi où ?" demanda-t-il. Il s'était accoudé au bar, bras croisés, intéressé par le voyageur allant d'un point à un autre.

À travers le mur, je montrai plus ou moins la direction de Mario et Noblesville. Je bus une gorgée de café ; jetai un coup d'œil à mes ongles, détachai un copeau de crasse.

"Je me suis arrêtée dans une ferme hier soir, à environ cinq kilomètres par là, j'espérais demander une gorgée d'eau et deux ou trois indications, mais j'ai pas trouvé l'accueil trop chaleureux, fis-je.

— C'était quelle ferme ?

— Une ferme à chevaux, je dirais. Il y a eu un problème d'incendie et une clôture abîmée. Des chèvres en pâture, entre autres."

L'homme décroisa les bras et lâcha un gros rire.

"Ça, autrefois, c'était la ferme Thompson. Une fille et son mari. La fille s'est enfuie pour rejoindre une bande de manants. Le petit gars qu'elle a abandonné était pas de taille contre les loups.

— Il paraît que certains de ces loups sont pro-Secesh.

— Ça, c'est pas mes affaires.

— J'ai vu un gamin leur servir du café.

— Bartholomew Thompson. Il a pas pu partir au combat à cause d'un problème de pied ou d'œil ou un truc dans ce genre. Les gars qui ont pris sa ferme lui font faire les courses ; il vit dans l'écurie."

Je bus une autre gorgée de café. Je regardai l'homme droit dans les yeux, longuement. Il n'avait pas beaucoup vieilli, seulement quelques rides de plus et à peine plus de jaune aux yeux. Il n'avait pas maigri non plus.

"On dirait qu'un peu d'aide aurait pas été de trop pour ce Thompson. J'imagine qu'il y a des partisans de l'Union dans le voisinage ?"

S'il entendit le tranchant dans ma voix, il n'en montra rien.

"C'est la guerre, dit-il. Sans doute qu'il y en a plus qui veulent qu'il parte que l'inverse.

— T'en fais partie ?"

Ce fut son tour de me fixer dans les yeux.

"Que j'en sois ou pas, m'est avis que c'est pas tes oignons, l'étranger."

On parla guerre et diables un moment, et quand il fut temps de partir je m'étais fait mon opinion sur la réponse à ma question, et n'avais plus besoin de poursuivre. L'arrêt suivant fut le bureau du shé-rif. L'homme qui avait posé sa botte sur le cou de cette institution durant bien des années et avait hurlé avec la foule incendiaire deux semaines avant que ma mère ne se pende par un matin pluvieux au frêne qui poussait au fin fond de notre terrain était un cousin de Ned Phipps, mais le type à la charpente de banjo déglingué à qui je parlai au bureau me dit que ce hors-la-loi s'était saoulé un soir l'hiver dernier avant de partir enquêter sur de mauvais tours au dépôt de chemin de fer, et qu'un train lui avait fauché les jambes. Il était sur un fauteuil roulant dans la maison d'invalides du comté. L'homme à qui je parlais, son successeur, ne comptait qu'un mousquet à canon lisse dans son arsenal en complément de son insigne, et ne risquait pas de se rallier à quiconque chercherait des noises à Ned Phipps.

"Où allez-vous comme ça ? demanda-t-il quand je sortis par sa triste porte.

— Chez moi. Chez moi, c'est là que je vais, bon sang."

En quittant la ville pour aller récupérer le Henry, je croisai ce fameux Ned Phipps avec qui j'avais un compte à régler. Il montait l'un des chevaux qu'il avait parqués dans un corral sur ma propriété. Il montait fièrement, comme l'officier de cavalerie qu'il n'avait jamais été. C'était un cheval de course d'un noir de jais, beau comme on en fait peu. On voyait qu'il était sur le point de se faire briser le dos par ce gros lard, qui trônait dessus comme un général. Ce branleur adipeux me fit un petit signe de tête et m'adressa un sourire, découvrant ses dents vertes.

"Tu rentres du combat ? dit-il.

— Non, j'y vais.

— Eh bien, je te souhaite bonne chance."

Dans le rêve que j'en fais, il n'y a pas de lune et pas d'étoiles, et je suis perdue dans une foule qui porte des torches pour enflammer le monde. La voix de ma mère et je ne peux pas l'atteindre. La voix de ma mère plus loin, ou moi plus loin d'elle, tandis que la foule s'approche inexorablement. Ils se changent en géants et mes coups s'abattent en pluie sur leurs jambes de géants.

"Constance", me lance ma mère dans mon rêve. Sa voix est aussi mince qu'un bout de papier prêt à s'enflammer au contact d'une torche. "Constance, viens, monte à côté de moi." Mais dans mon rêve j'ai peur. Dans mon rêve, je tourne le dos à ma mère et je m'enfuis.

Cette nuit-là, ce fut différent du rêve. On avait entendu qu'il y avait du grabuge à la maison de la voisine, dont le mari était parti, la laissant seule avec ses deux bébés avec pour toute protection le papier peint qui se décollait. Ma mère m'envoya dormir dans ma chambre, me donnant l'ordre de fermer les yeux, mais ils restèrent ouverts, et je sortis par la fenêtre dès que je sus qu'elle était partie. Il y avait des étoiles et une lune bien pleine, dans mon souvenir, pas mon rêve, et je la voyais devant moi avançant à grandes enjambées à travers le seigle. Une foule s'était déjà assemblée et ma mère la traversa pour aller se poster sur les marches du perron de la voisine et leur faire face. Elle croisa ses bras musclés sur sa poitrine et leur hurla qu'il fallait rentrer chez eux s'occuper de leurs affaires. Laisser cette femme et ses bébés tranquilles. Elle venait de le hurler une seconde fois quand je traversai la foule pour venir me poster à côté d'elle. Dans la maison derrière nous, la femme était assise à sa table de cuisine, un bébé sur chaque bras. Elle avait les yeux écarquillés par la panique, et chantait une chanson que je n'avais jamais entendue. Se balançant un peu sur un fauteuil qui n'était pas un fauteuil à bascule. Je n'entendais pas quelle chanson elle chantait. Ils étaient plus de cinquante à s'avancer résolument, en brandissant leurs torches, et commençant à huer.

"Nous, on tend jamais l'autre joue, pas vrai, maman ?", et je croisai les bras moi aussi, en levant les yeux sur la foule. Le sergent était devant. Ned Phipps, que je connaissais depuis l'âge de cinq ans, était là aussi. Dans la foule, une femme brandissait une fourche en hurlant aux autres de lancer leurs torches pour nous envoyer en enfer avec tous ces manants de nègres qui étaient dans la maison.

"Non, jamais", fit ma mère, mais sa voix trembla. À peine, le plus léger des tremblements, à l'image d'une brindille que l'hiver a rendue plus cassante, mais je n'avais jamais entendu sa voix trembler. Levant les yeux, je vis des larmes sur ses joues, et sa lèvre inférieure qui frémissait. L'instant d'après, elle s'éloignait, d'abord en marchant vite, puis en courant. Une fois qu'elle fut partie, je me rendis compte que je ne pouvais plus garder les bras croisés. Ils me pendaient le long du corps comme si on les avait sciés jusqu'aux tendons. N'empêche, ce fut moi qui aidai la voisine à partir, qui pris l'un des bébés et un baluchon et lui fis traverser la foule déjà occupée à son feu, puis l'accompagnai un bon bout sur la route. Quand elle approcha tout près de la frontière de l'Ohio, à peu près là où je devais traverser de nouveau des années plus tard pour partir à la guerre, elle me dit que je ferais bien de retourner m'occuper de ma mère, et que, qu'elle l'avoue ou pas, c'était elle qui avait besoin qu'on s'occupe d'elle maintenant.

"Mais où irez-vous ? demandai-je, car elle avait l'air si chétive et seule, fuyant ainsi avec ses enfants et son baluchon.

— File à présent. Rentre chez toi", dit-elle.

Je la suivis un moment mais elle ne me parla plus, avançant déjà à grands pas, loin de l'Indiana, dans le vaste monde. Ce monde tissé du fil de semblables séparations.

Ma mère et moi ne parlâmes jamais de cette nuit durant les jours qui suivirent, bien que chacun fût baigné de la sombre fumée que laissait lentement échapper le tas de cendres de ce qui avait été la maison de la voisine. Je m'attendais toujours à ce que ma mère trouve une bonne histoire pour enrober la fin de ce triste épisode, mais elle garda le silence sans qu'aucune couronne de justice ne vînt la coiffer, ni aucun sabre vengeur ne se coule entre ses doigts.

Au bout d'une semaine ou dix jours, des gars se présentèrent à cheval à la limite de notre terrain. Ils avaient avec eux une torche qui aurait pu venir de cette nuit-là. En toutes autres circonstances, ma mère les aurait renvoyés d'un revers de main tels des moineaux, mais elle resta affalée à la table de cuisine et ce fut moi qui dus aller au bord du terrain avec son mousquet pour les faire reculer.

"Ta peur te trouvera toi aussi un jour, ma fille. Elle viendra te débusquer et jouera de sa ruse pour te froisser le cœur", dit-elle quand je rentrai et déposai le mousquet. Je me mordis la lèvre sans répondre : je savais que c'était vrai. Elle sembla retrouver un peu d'entrain après avoir dit ça. Nous nous mîmes à affûter des lames et répandîmes ensemble un bon paquet de sueur dans la cour. Bartholomew se présenta avec une autre fleur et ma mère réchauffa pour nous un bocal de haricots verts au jambon. "C'est un bon gars que tu as trouvé là", dit-elle. Elle me laissa le raccompagner à mi-chemin en direction de sa maison, et il m'embrassa une minute dans un fossé à côté de la clôture. Ce soir-là, ma mère me raconta l'histoire de la princesse et du dragon, sauf qu'à la fin, c'est la princesse qui tranche la tête du dragon. Peut-être bien que Bartholomew était revenu écouter, tapi sous la fenêtre. "Bonne nuit", me dit ma mère quand elle eut terminé. Elle me touchait le bras et le retenait en me disant ces mots. Plus tard, plus d'une fois, je regardai mon bras croyant y voir les marques qu'elle avait laissées dessus. Qui peut dire que c'est pur fantasme ? Qui peut dire ce qui reste sur nous quand on nous a touché ? Il y a le monde avec ses femmes qui marchent la nuit, et il y a ce qui s'y passe. Quelques jours plus tard, ma mère grimpait dans le frêne avec une corde.

J'ignore pourquoi c'est de ça que je choisis de parler ce soir-là, une fois la nuit tombée, quand j'eus récupéré le Henry, remis ma robe et grimpé dans le grenier à foin de notre écurie, où je découvris mon Bartholomew allongé dans la paille sous une couverture de cheval. Je ne m'étais pas trouvée près de lui pendant deux ans, qui auraient pu en faire vingt, mais quand je me penchai tout près de son visage et le réveillai, ce fut de ma mère que je parlai, de ma mère, de sa peur et de sa main sur mon bras, sa main sur mon bras avant tout, et de la voisine partant avec ses enfants, et de la mort de ma mère dans le frêne. Bartholomew essaya de parler plus d'une fois mais je ne le laissai pas faire. Quand j'eus terminé, je lui dis que tôt le lendemain, il devait descendre à la maison chercher le vieux mousquet de ma mère, veiller à ce qu'il soit chargé et me l'apporter. Alors il redescendrait mettre son tablier pour servir à tous les gars leur café du matin dans la cour. Quand ils auraient tous pris leur café, il devait rentrer dans la maison et n'en plus sortir. Quoi qu'il entende. Ils avaient essayé de nous voler notre terre, ils l'avaient maltraité et avaient pris le parti de la Sécession : à présent c'était leur tour de se faire malmener. C'était simple. Tout l'était. La chose la plus simple au monde. Aussi simple que de tenir bon plutôt que de s'enfuir. De marcher dans le sens où tournait la planète plutôt que contre. Il devait m'écouter. Il ne devait pas désobéir.

"Laisse-moi parler", dit-il.

Je ne répondis pas. Le sang me dégoulinait déjà des lèvres et des yeux, et il n'ouvrit plus la bouche, me regarda seulement d'un air un peu bizarre, comme s'il m'avait vue en rêve devenir folle et que ce rêve était revenu s'accroupir au-dessus de lui, et il hocha la tête quand je me répétai. Puis je lui dis que je n'avais plus rien à dire, je l'appelai mon mari et le fis se rallonger.

Sommeil sans rêve. Tunnel sans fin. Ciel sans étoile. Arc-en-ciel éclaté en fragments couleur de sang. Je ne savais pas où j'étais quand je m'éveillai et tournai un moment dans la paille en trébuchant, imaginant qu'il y avait des femmes enchaînées dormant à côté de moi, des balles Minié ou un seau d'eau glacée ou des coups de poing prêts à s'abattre sur ma tête. Je dis à Bartholomew, qui n'était pas là, de ne pas s'inquiéter, que nous allions nous battre et ensemble repousser la gardienne et son seau d'eau glacée. Alors j'entendis des voix dans la cour. Je pris le Henry, le remplis de cartouches, et m'approchai de la fenêtre du grenier à foin. Il faisait encore assez sombre dehors, mais on sentait l'odeur du soleil dans le ciel empourpré et je distinguais assez bien les formes. Des hommes dans la cour. Du métal à la main. Ils portaient des chapeaux et de longs manteaux pour se protéger du froid matinal et ils étaient serrés contre les autres, masse difforme. Cela me prit toutes les quelques secondes dont je disposais mais je les comptai, tous les quatre d'abord, puis tous les cinq.

Ils avaient l'écurie devant eux, la maison derrière, et quinze bons mètres de part et d'autre. C'était comme si la porte s'était refermée sur eux. Comme quand ces gars s'étaient trouvés pris dans le cratère sans pouvoir en remonter les flancs. Ce que je m'apprêtais à faire ne me plaisait pas, mais qu'ils passent leur vie le cul sur mes chaises me plaisait encore moins. Et c'était pire encore de voir Bartholomew leur servir leur café. Et le paquet de graisse sur le derrière de ce Ned Phipps, dont certains disaient que c'était mon père, ne me plaisait pas non plus. Et encore moins que ce Ned Phipps, dont certains disaient que c'était mon père, fut de ceux qui avaient fait peur à ma mère pour brûler la maison de la voisine. C'est lui que je descendis d'abord. Je pris une inspiration, le touchai au cou et il tomba raide comme un quartier de viande avariée avant de se mettre à ramper en direction de son cheval. Celui contre qui je m'étais battue au marché prit sa balle en plein front. La balle ressortit par l'arrière de la tête et laissa une traînée dans la lumière de l'aube, presque jusqu'à la maison. Les trois qui n'avaient pas été touchés avaient commencé à bouger, les yeux rivés sur Ned qui s'éloignait en rampant, et sur le gars qui m'avait embêtée jadis et gisait à présent dans la poussière à côté d'eux, aussi mort qu'une pierre. J'en descendis un autre de deux balles dans la poitrine ; alors une chèvre surgit de nulle part, sautillant d'une patte sur l'autre, complètement affolée, et emportée par ma rage, je la descendis aussi. Elle s'assit sur son train arrière puis replia les pattes avant et laissa tomber sa tête.

Quand la chèvre tomba, les deux autres gars y virent un signe et lâchèrent leurs armes sans avoir tiré un seul coup de feu, tombèrent à genoux en implorant grâce, mains sur la tête. Au même instant, j'entendis un craquement sonore derrière moi, me tournai un peu et vis s'élever un chapeau et le canon d'un fusil, émergeant dans l'ombre des fragments de paille depuis la trappe. Le chapeau sortit, le canon suivit, je pivotai et tirai tandis que le cercle noir du canon trouvait mon visage. Je touchai le grimpeur à l'épaule, il s'affaissa en avant et déposa doucement le fusil dans la paille.

Les gars qui étaient à genoux dehors se mirent à courir à mon coup de feu et je touchai celui qui traînait un peu en arrière en plein flanc. J'aurais descendu l'autre à peine une seconde plus tard si le Henry ne s'était pas enrayé. Je fis un essai rapide pour nettoyer le mécanisme mais rien ne bougea, et je vis le gars encore debout passer devant Ned Phipps en courant en direction du corral. Ça ne me plaisait pas d'être trop brutale mais celui qui avait grimpé derrière moi me bloquait le passage, alors après m'être emparée de son arme, je le poussai en bas de l'échelle. Il tomba sur le sol de l'écurie avec un bruit sourd et poussa un grognement. Je lui étais déjà passée dessus pour sortir par la porte de côté quand je vis avec quoi ce bâtard avait voulu mettre fin à mes jours : j'avais à présent le mousquet de ma mère dans les mains.

Une vieille arme. Construite pour d'autres combats, en d'autres temps. Le canon n'avait jamais été rayé et il faisait ballotter ses balles rondes comme des bébés ivres, mais je sentis même en courant qu'il avait été bien huilé et je savais qu'il ferait mouche. Le gars était déjà à cru sur le beau cheval noir de Ned Phipps et il avait ouvert la porte du corral quand je passai l'angle de l'écurie. Il tira sur les rênes une seconde quand il vit qui c'était, dans ses jupes, qui leur avait tiré dessus. Comme ce gars hors-la-loi dans la maison des bois. Je ne dis pas un mot, continuai seulement à avancer, comme on nous l'avait appris dans les champs du Kentucky, comme on l'avait fait

dans les pâturages du Maryland, comme on avait combattu sous le feu du canon qui nous changeait en pulpe
humide dans les bois de Virginie. Comme je continuai à avancer, il talonna violemment le cheval, sortit du corral et détala sur la route en direction de la
ville. J'ajustai mon regard, me mis à genoux, soulevai le mousquet de ma mère, l'abaissai d'un quart de
pouce, expirai, puis tirai ma balle branlante à travers
l'aube, et l'abattis. Le beau cheval noir poursuivit un
peu son galop sans cavalier, puis s'arrêta, s'ébroua,
et se mit à mâchonner de l'herbe comme si c'était
dimanche après-midi. Je n'éprouvais aucun besoin
de lui tirer dessus. La chèvre était une erreur. J'avais
honte et ne risquais pas d'assassiner un cheval.

Ned Phipps perdait du sang à gros bouillons devant
la clôture du corral. Il s'était redressé, était presque
debout. En rampant, il avait perdu son chapeau, et
son pantalon lui avait glissé jusqu'aux talons. Quand
j'arrivai sur lui il était mort. Ô mon père. Dans la
cour, les autres étaient tout aussi morts ou pas loin.

"Allez, sors, Bartholomew !" criai-je. Je n'eus pas de
réponse. Appelai de nouveau. Je regardai le mousquet
que j'avais en mains, puis comptai les corps. Mon
cœur fit un bond violent dans ma poitrine alors je
comptai de nouveau. Cinq gars morts et une chèvre.
Avec celui dans l'écurie, ça faisait six. Six, c'était trop.

Avant de mourir, la tête posée sur mes genoux, au pied de l'échelle dans l'écurie, là où je l'avais précipité, Bartholomew me demanda comment c'était la guerre au sud, et je lui dis qu'il avait fait chaud.

"Ici aussi il a fait chaud, Constance, et je croyais que tu étais morte, dit-il.

— Alors mon mari, c'est un fantôme qui t'a embrassé et tiré dessus.

— Je voulais vendre. Vendre et partir loin. Il ne me manquait que le titre de propriété.

— Tu aurais pu vendre sans le titre. Tu n'avais qu'à prendre leur argent.

— Je voulais faire les choses comme il faut.

— Tu ne l'aurais jamais trouvé.

— J'aurais continué à creuser.

— Tu étais mon seul amour ; tu mettais des plumes dans mes lettres, tu as laissé un bouquet de lilas à côté de mon petit-déjeuner dans l'autrefois.

— Ton seul amour ?

— Toujours.

— Chaque jour, je prenais la pelle et creusais pour chercher le titre. Ned m'a fait une offre honnête. Ils m'aidaient à creuser, lui et ses gars. Il n'y avait pas de mal à ça. Tu n'avais pas à les tuer tous.

Tu aurais dû rester encore un peu là-bas à t'occuper de ta guerre.

— Et tu aurais dû regarder en haut dans les arbres, mon mari, pas en bas dans la terre.

— Tu l'as caché dans le frêne.

— Oui."

Alors il mourut.

Le shérif maigrichon était dans son bureau, et quand je lui dis que j'étais Constance Thompson de retour de voyage, il répondit qu'il revenait de ma ferme à l'instant. Je commençai mon discours et demandai mon nœud coulant mais il m'interrompit, me fit ses condoléances et dit que ma ferme avait été le théâtre d'un crime horrible. Une fois de plus, je commençai mon discours, et une fois de plus, il m'interrompit. Il dit qu'un étranger était passé en ville, en posant des questions sur notre ferme. Au café, l'étranger s'était plaint d'un défaut d'hospitalité du côté de chez nous. L'étranger, dit le shérif, rentrait tout juste de la guerre et n'avait que du sang aux yeux. La dernière fois qu'on l'avait vu, il sortait de la ville en direction de notre ferme. Tout ça concordait. L'autre partie de l'équation, poursuivit-il, c'était que des gars qui campaient avec une troupe de femmes à froufrous et s'adonnaient à leurs ébats dans l'arrière-pays étaient arrivés en ville en pleurnichant que leur fusil à répétition Henry avait disparu. À certains, ils avaient dit qu'ils avaient fait la guerre, à d'autres que non, mais quand on leur avait demandé comment ils avaient pu perdre pareil engin, ça leur avait cloué le bec, et ils étaient partis peu après.

"Vous voyez du sang dans ces yeux avec lesquels je vous regarde ? demandai-je au shérif quand il eut fini de me dire tout ce que je savais déjà.

— Vous avez subi un énorme choc, vous avez l'air fatiguée du voyage, et si vous le souhaitez, je m'occuperai des démarches pour votre mari, madame", fut ce qu'il dit.

"Je les ai tous tués, jusqu'au dernier, même mon Bartholomew.

— Il faut vous reposer, maintenant, Mrs. Thompson, dit le shérif. Je vais vous faire reconduire en calèche.

— Reconduire qui ? Il y a bien plus d'un seul moi ici", dis-je.

Avant que Bartholomew ne pousse son dernier soupir, je déposai doucement sa tête sur le sol de l'écurie et sortis, gagnai le bord du champ au sud et grimpai dans le frêne où ma mère s'était pendue et où je l'avais trouvée se balançant au dernier jour de ma jeunesse. Je grimpai et, du bout des doigts, je cherchai l'entaille juste au-dessus de la branche où elle avait noué sa corde. Dans l'entaille se trouvait un sachet en toile cirée, et dedans, le titre de propriété de ma ferme. Je descendis le titre de l'arbre et le portai dans l'écurie.

"Tu veux vendre, nous vendrons, il y a d'autres acquéreurs dans le monde, dis-je à mon Bartholomew. Nous pouvons aller nous installer ailleurs. Essayer encore de fonder une famille ensemble."

Mais il était déjà mort.

Il n'y a pas si longtemps, en revenant d'une exposition-vente, je passai devant une serre faite de plaques photographiques de verre. Elle était plus grande mais pas mieux construite que celle de Weatherby, et conçue selon des principes similaires. Celle que je vis existait depuis un moment et de ce que les plaques avaient montré, il ne restait que des taches de gris, des volutes de brun. La propriétaire de la serre dit qu'une firme de Pennsylvanie la lui avait construite. Elle me dit que la serre était jolie à l'origine, les images donnant juste le bon degré d'ombre, mais à présent que le soleil avait fait son œuvre toutes les dames et tous les soldats qu'elle avait aimé à regarder avaient disparu. Avant de partir, je notai le nom de la firme et écrivis au propriétaire à mon retour, mais il avait fait faillite et me répondit qu'il ne pouvait pas m'aider.

Il me fallut du temps mais je finis par retrouver trois plaques de ce genre de verre chez un photographe à Lafayette, et je les posai dans le cadre de notre fenêtre de cuisine, ici à la ferme. Deux dames élégantes et un homme. Au printemps et en été, la lumière du matin les trouve là et les illumine un instant, les arrachant à leur obscurité, pour les faire luire.

Un matin au cours de ces dernières semaines, tandis que je les regardais, on frappa à ma porte. C'était une femme d'environ mon âge, habillée simplement et portant des souliers tout griffés, qui venait me rendre visite. Elle était couverte de poussière après avoir cheminé sur la route, et quand je l'interrogeai elle répondit qu'elle venait de près de Yellow Springs, dans l'Ohio, alors je la fis entrer. Nous prîmes un thé chaud à la table de la cuisine, près des photographies passées. C'était la gouvernante d'un ami du général et de sa femme, et lors d'un dîner qu'elle avait aidé à servir, elle avait entendu l'histoire d'une femme qui avait combattu pour l'Union sous les ordres du général.

"Il était colonel quand j'ai combattu pour lui, dis-je.

— Moi aussi, j'ai été soldat, en quelque sorte", dit-elle.

Nous nous considérâmes l'une l'autre, longuement. Je n'en avais pas rencontré depuis cette fois sur la route où la femme de couleur m'avait plaqué le genou sur la poitrine, et je m'étais interrogée sur les autres, comme toutes celles qui avaient enfilé un pantalon pour partir à la guerre avaient dû le faire, je pense.

"Qu'est-ce qui vous a fait partir ? demandai-je, le visage tourné pour ne pas lui faire face.

— Nous étions deux, l'entendis-je répondre. C'est l'autre qui a décidé de prendre l'uniforme. Moi, je n'ai fait que l'accompagner.

— Vous fumez la pipe ?"

Elle dit que oui, nous sortîmes nous asseoir sur les marches du perron pour fumer une pipe en échangeant les récits de nos aventures à la guerre. Je parlai d'abord et ne dis presque rien, mais elle parut satisfaite. Quand ce fut son tour, elle me dit que pendant la guerre, elle s'était appelée Leonidas, et son amie, Léandre. Leonidas et Léandre étaient restées ensemble durant toutes les longues journées de combat.

"On avait commencé par charrier du bois, s'occuper du bétail et travailler aux champs à la place de tous les gars partis au combat, me dit-elle. Quand on en a eu assez, et des radotages de nos parents, on est parties à leur suite, voir voler les balles et entendre rugir les canons. On est sorties sur le champ de bataille après le combat, on a marché parmi les morts et on a aidé à les mettre en terre. On a vu les centres de chirurgie où on apportait les hommes pour se faire amputer. On les a regardés trancher la jambe d'un jeune et la balancer tout droit par la porte d'entrée."

En pantalon, raconta-t-elle, elles avaient assisté à une bataille, et quand ça avait mal tourné et que la plupart de nos hommes étaient morts, Léandre avait enfilé l'uniforme d'un mort et pris son fusil, pour partir pieds nus avec les autres. Leonidas avait escorté Léandre durant les semaines et les mois qui suivirent, et bien qu'elle n'eût pas porté l'uniforme, elle avait plus d'une fois mis en joue un pistolet ou un fusil et appuyé sur la détente. Après une bataille, on avait jeté Léandre dans un camp de prisonniers, où on l'avait affamée, essayé de la violer et battue pour avoir donné un coup de pied dans les dents à celui qui l'avait violentée. Leonidas avait retrouvé Léandre au portail quand on la libéra pour se débarrasser de cette fauteuse de trouble.

"Elle refusa de parler quand elle quitta cet enfer, alors nous avons marché, suivant les routes jusqu'à ce qu'un jour, elle retrouve sa voix. « Ça, c'était vraiment quelque chose, et bon Dieu, qu'c'était quelque chose, et bon Dieu que tout aille au diable » fut ce qu'elle dit."

Léandre avait fait ce commentaire tandis qu'elles traversaient une forêt de pins. Chaque pas soulevait quelque chose de doux et avec une odeur particulière. On aurait pu, me dit Leonidas assise avec moi à fumer sur le perron, se coucher pour s'endormir ou mourir sur-le-champ.

"Mais on n'est pas mortes tout de suite et on a continué à marcher. Après un virage, on est tombées sur un étang. Quand on s'est approchées pour boire, on a vu qu'il était presque asséché et plein de criquets. Comme Léandre regardait les criquets, les larmes lui montèrent aux yeux. « Ils sont tous morts, jusqu'au dernier », dit-elle. Et nous avons pleuré toutes les larmes de notre corps."

Tandis que nous étions enfin en train de rentrer, en bateau à aubes, Léandre fut prise d'une fièvre et mourut, ainsi qu'un certain nombre d'autres. Le capitaine, craignant une épidémie, organisa un enterrement sur une langue de sable. Leonidas essaya de son mieux de repérer l'endroit mais quand elle y retourna des mois plus tard elle ne trouva de sa vieille amie que les eaux sauvages de la rivière. Quant à sa vie ensuite, sans Léandre, elle en dit "Je suis rentrée, ça fait pas de doute, mais j'ai jamais eu le sentiment d'être rentrée chez moi."

Dans les jours qui suivirent sa visite, qui s'acheva peu après ces derniers mots, j'écrivis à Yellow Springs, au général, pour lui dire que c'était vrai que j'avais volé des rations dans des havresacs, que j'étais désolée et ne savais pas pourquoi je l'avais fait, et que j'aurais bien voulu pouvoir rendre cette nourriture que j'avais volée et mangée. Que peut-être les choses se seraient passées différemment, et mieux, si je l'avais rendue. Leonidas m'avait demandé de ne pas parler d'elle lors d'aucun échange avec le général, donc je ne dis rien et demandai plutôt des nouvelles de Weatherby et de son petit-fils et de la femme du général, et dis au général de leur transmettre mes respects à tous.

Mon mari était mort depuis longtemps, lui écrivis-je. De ma propre main. Je l'avais vu vêtu mais pas déguisé en cape et manteau, grimpant à l'échelle le vieux mousquet de ma mère à la main, et j'avais pris peur – de ce qui avait été et de ce qui était –, dans mon esprit, je l'avais vu me viser, même s'il ne l'avait pas fait, et je l'avais descendu.

Il vient à moi parfois, écrivis-je. Il vient s'asseoir avec moi à table ou se tient debout dans l'embrasure de la porte après l'un de mes mauvais rêves, ou alors traverse la cour pour aller accomplir quelque tâche. J'ajouterai, écrivis-je, que j'essaie de lui parler mais qu'il refuse de me parler. Il reste seulement là, assis ou debout. Certaines choses mettent du temps à disparaître.

C'était une longue lettre. J'y inclus aussi mes excuses au général pour avoir déboutonné ma robe quand il était venu me rendre visite à la maison de fous, et fait mine de m'asseoir sur ses genoux. Je m'excusai pour lui avoir griffé le visage et l'avoir frappé avec le vase de fleurs au début de sa visite, et pour l'avoir maudit à mort quand il m'avait renvoyée. Je lui dis que depuis je m'étais efforcée de mieux agir mais sans toujours y parvenir.

La peur finit par vous trouver, écrivis-je. Elle finit toujours par vous trouver.

Je n'ai pas encore eu de réponse.

REMERCIEMENTS

Neverhome n'aurait pas vu le jour sans l'aide et le soutien de Linda K. Wickens, Susan Schulten, Susie Schlesinger, Susan Manchester, Kathryn Hunt, Selah Saterstrom, Eva Sikelianos Hunt, Allison Wickens, Harry Mathews, Anna Stein, Chris Fischbach, Josh Kendall, et Eleni Sikelianos (toujours).

Quelques-uns des excellents travaux que j'ai consultés pendant l'écriture méritent une mention particulière : *Dearest Susie : A Civil War Infantryman's Letters to His Sweetheart* de Frank Ross McGregor ; *The Civil War Notebook of Daniel Chisholm* édité par W. Springer Menge et J. August Shimrak ; *Turned Inside Out : Recollections of a Private Soldier in the Army of the Potomac* de Frank Wilkeson ; *The Slaves' War* de Andrew Ward ; *This Republic of Suffering : Death and the American Civil War* de Drew Gilpin Faust ; *They Fought Like Demons: Women Soldiers in the Civil War* de DeAnne Blanton et Lauren M. Cook, et, le plus marquant, *An Uncommon Soldier: The Civil War Letters of Sarah Rosetta Wakeman, Alias Private Lyons Wakeman, 153rd regiment, New York State Volunteers, 1862-1864*, de Lauren M. Cook.

Les photographies de Sally Mann, *Paysages du Sud* et ses photos de champs de bataille, ont apporté une aide indispensable à mon voyage avec Ash à travers l'Amérique du milieu du XIXe siècle, de même que les deux premiers albums de Colin Stetson, *New History Warfare*, ainsi que la chanson "Sorrow, Sorrow", de Lorna Hunt.

OUVRAGE RÉALISÉ
PAR L'ATELIER GRAPHIQUE ACTES SUD.
ACHEVÉ D'IMPRIMER
EN JUILLET 2017
PAR NORMANDIE ROTO IMPRESSION S.A.S.
61250 LONRAI
SUR PAPIER FABRIQUÉ À PARTIR DE BOIS PROVENANT
DE FORÊTS GÉRÉES DURABLEMENT
POUR LE COMPTE
DES ÉDITIONS ACTES SUD
LE MÉJAN
PLACE NINA-BERBEROVA
13200 ARLES.

DÉPÔT LÉGAL
1re ÉDITION : SEPTEMBRE 2017

N° impr. : 1701881

(Imprimé en France)